W0324924

*Über dieses Buch* Zu den wenigen zu seinen Lebzeiten veröffentlichten Werken Pessoas gehört die Erzählsatire ›Ein anarchistischer Bankier‹ (1922).
Befragt von einem jungen Mann, gibt »ein großer Händler und namhafter Schieber« Auskunft darüber, wie er von einem gewöhnlichen Arbeiter zu einem reichen Bankier wurde, ohne je seine anarchistische Gesinnung zu verraten, ja, wie gerade die Entdeckung und konsequente Anwendung der »wahren anarchistischen Methode« ihn dazu gemacht habe. Diese besteht, wie der Bankier in irritierend schlüssiger Argumentation beweist, nicht darin, Bomben zu legen, wie die Dummköpfe unter den Anarchisten gern glaubten, sondern darin, das Übel der gesellschaftlichen Fiktionen zu bezwingen, d.h. zur Wirkungslosigkeit zu verdammen. Vor allem die Tyrannei des Geldes als der machtvollsten dieser Fiktionen gelte es zu brechen, und dazu gebe es nur *eine* Methode: »Geld zu erwerben, es in so großer Menge zu erwerben, daß sein Einfluß nicht mehr spürbar werden konnte«. Und so lautet der logische Schluß: Der wahre Anarchist muß Bankier werden; der wahre Bankier ist konsequenter Anarchist.

*Der Autor* Fernando Pessoa, der wohl bedeutendste moderne Dichter Portugals, wurde 1888 in Lissabon geboren; er verbrachte seine Jugend in Durban in Südafrika, wo sein Stiefvater Konsul war. Mit 17 Jahren kehrte er nach Lissabon zurück und führte dort bis zu seinem Tod eine äußerst unscheinbare Existenz als Handelskorrespondent. Pessoa schrieb für die Truhe. Sein literarischer Nachlaß, der 27453 Manuskripte umfaßt, enthält Lyrik, dramatische Skizzen, politische, soziologische und essayistische Schriften.
Im *Fischer Taschenbuch Verlag* sind von Pessoa außerdem ›Das Buch der Unruhe‹ (Bd. 9131), ›Alberto Caeiro/Dichtungen, Ricardo Reis/Oden‹ (Bd. 9132) und das Lesebuch ›Algebra der Geheimnisse‹ (Bd. 9133) erschienen.

FERNANDO PESSOA

# *Ein anarchistischer Bankier*

Aus dem Portugiesischen übersetzt
und mit einem Nachwort versehen von
Reinold Werner

Fischer Taschenbuch Verlag

Ungekürzte Ausgabe
Veröffentlicht im Fischer Taschenbuch Verlag GmbH,
Frankfurt am Main, Juni 1990

Lizenzausgabe mit freundlicher Genehmigung
des Klaus Wagenbach Verlags, Berlin

Umschlaggestaltung: Buchholz / Hinsch / Hensinger
Druck und Bindung: Clausen & Bosse, Leck
Printed in Germany
ISBN 3-596-10306-1

*Ein anarchistischer Bankier*

*Wir hatten das Abendessen beendet. Mir gegenüber saß mein Freund, der Bankier, ein großer Händler und namhafter Schieber; er rauchte wie einer, der nicht denkt. Die Unterhaltung war allmählich ins Stocken geraten und erstarb schließlich ganz. Ich versuchte auf gut Glück, sie wieder in Gang zu bringen, und bediente mich dabei der erstbesten Idee, die mir durch den Kopf ging. Lächelnd wandte ich mich ihm zu:*

»Richtig! Mir wurde erzählt, Sie seien früher Anarchist gewesen.«

»Ich bin es nicht nur gewesen, ich bin es noch immer. In dieser Hinsicht habe ich mich nicht geändert. Ich *bin* Anarchist.«

»Was Sie nicht sagen! Sie und Anarchist? Und wieso wären Sie Anarchist? ... Sie verstehen das Wort vielleicht anders ...«

»Anders als im gewöhnlichen Sinn? Nein, keineswegs. Ich gebrauche es im ganz gewöhnlichen Sinn.«

»Sie wollen also sagen, Sie seien Anarchist im selben Sinne wie diese Typen von den Arbeiterorganisationen?

Es gäbe also keinen Unterschied zwischen Ihnen und diesen Bombenlegern und Gewerkschaftstypen?«

»Doch doch, es gibt einen Unterschied... Natürlich gibt es einen Unterschied. Es ist aber nicht der, an den Sie denken. Sie glauben vielleicht, ich hätte andere Gesellschaftstheorien als sie?«

»Ach so, ich verstehe! Sie sind Anarchist in der Theorie, aber in der Praxis sind Sie...«

»Ich bin in der Praxis ebensosehr Anarchist wie in der Theorie. Und das sogar noch mehr, viel mehr als jene Typen, von denen Sie sprachen. Mein Leben ist der Beweis dafür.«

»Wie bitte?«

»Mein Leben ist der Beweis dafür, jawohl, mein Lieber. Sie haben offenbar diesen Dingen nie besondere Aufmerksamkeit geschenkt. Deshalb glauben Sie, ich würde dummes Zeug reden oder mich über Sie lustig machen.«

»Jetzt verstehe ich gar nichts mehr! Es sei denn... es sei denn, Sie gehen davon aus, das Leben, das Sie führen, sei zersetzend und asozial; nun, wenn Sie Anarchismus so verstehen...«

»Ich habe Ihnen schon gesagt: nein! Ich habe Ihnen schon gesagt, daß ich dem Wort Anarchismus keinen anderen als den gewöhnlichen Sinn unterlege.«

»Gut!... Aber ich verstehe immer noch nicht... Wollen Sie mir erzählen, es gäbe keinen Unterschied zwischen Ihren wahrhaft anarchistischen Ideen und Ihrer Lebenspraxis? – ich meine: Ihrer jetzigen Lebenspraxis? Wollen Sie mir denn weismachen, Ihr Leben stimme in allen Punkten mit dem der gewöhnlichen Anarchisten überein?«

»Nein! nein, das ist es nicht. Was ich sagen will, ist, daß meine Theorien in keiner Weise von meiner Lebenspraxis abweichen; ganz im Gegenteil, beide stimmen absolut überein. Daß ich nicht das Leben der Bombenleger und Gewerkschaftstypen führe, stimmt. Doch deren Leben spielt sich jenseits des Anarchismus, jenseits ihrer Ideale ab. Meines nicht. In mir – jawohl, in mir, dem Bankier, dem großen Händler und Schieber, wenn Sie es so hören wollen – in mir vereinigen sich beide, Theorie und Praxis des Anarchismus, aufs genaueste. Sie haben mich mit diesen Idioten von Bombenlegern, mit denen von der Gewerkschaft verglichen, um zu beweisen, ich sei anders als sie. Das bin ich auch, nur ist der Unterschied folgender: die da (jawohl, die da, nicht ich) sind nur in der Theorie Anarchisten, ich bin es in der Theorie und in der Praxis. Die da sind Anarchisten und Dummköpfe, ich bin Anarchist und gescheit. Darum, mein Guter, bin ich der wahre Anarchist. Die von den Gewerkschaften und die Bombenleger (ich war ja auch einer von ihnen und habe sie gerade um des wahren Anarchismus willen verlassen) – sie stellen ja nur den Abfall des Anarchismus dar, sie sind die Drohnen der großen anarchistischen Lehre.«

»Nicht einmal der Teufel würde seinen Ohren trauen! Das ist einfach umwerfend! Und wie bringen Sie Ihr Leben – ich meine Ihr Leben als Bankier und Händler – und die Theorie des Anarchismus auf einen Nenner? Wie bringen Sie beide auf einen Nenner, wenn Sie sagen, Sie verstünden unter anarchistischer Theorie dasselbe wie die gewöhnlichen Anarchisten? Und noch dazu möchten Sie mir weismachen, Sie unterschieden sich von ihnen dadurch, daß Sie *mehr* Anarchist sind als jene, – ist dem nicht so?«

»In der Tat.«

»Jetzt verstehe ich überhaupt nichts mehr!«

»Liegt Ihnen denn daran zu verstehen?«
»Unbedingt!«

*Die Zigarre in seinem Mund war ausgegangen; er nahm sie und zündete sie langsam wieder an, betrachtete das Streichholz, bis es abgebrannt war, legte es behutsam in den Aschenbecher, dann hob er den Kopf, den er eine Zeitlang gesenkt hatte, und sagte:*

»Hören Sie! Ich komme aus dem Volk, ich stamme aus der Arbeiterklasse der Stadt. Wie Sie sich vorstellen können, ist mir nichts Förderliches in die Wiege gelegt worden, weder Rang noch entsprechende Verhältnisse. Es ergab sich lediglich, daß ich einen von Natur aus hellen Verstand besaß und einen hinreichend starken Willen. Doch hatte ich damit zwei Gaben, die mir meine niedrige Herkunft nicht streitig machen konnte.

Ich wurde Arbeiter, habe gearbeitet und ein bedrükkendes Leben geführt, wie die meisten Leute aus jenem Milieu. Nicht daß ich Hunger gelitten hätte, doch hätte oft nicht viel daran gefehlt. Das hätte übrigens an allem, was daraus folgte und was ich Ihnen jetzt erzählen werde, nichts geändert, nichts an meinem früheren und nichts an meinem jetzigen Leben.

Ich war alles in allem ein ganz gewöhnlicher Arbeiter: ich habe gearbeitet, weil ich arbeiten mußte, aber so wenig wie eben möglich. Ich war nämlich gescheit. Bei jeder Gelegenheit las und diskutierte ich alles Mögliche, und weil ich nicht auf den Kopf gefallen war, machten sich in mir große Unzufriedenheit und große Entrüstung breit über mein Los und über die gesellschaftlichen Bedingungen, die es so haben wollten. Ich habe Ihnen schon gesagt, es hätte schlimmer kommen können; aber damals schien mir, als sei ich ein Mensch, dem das Schicksal alle erdenklichen Ungerechtigkeiten angetan hatte, und als habe es sich dazu der gesellschaftlichen Konventionen bedient. Damals war ich wohl zwanzig oder höchstens einundzwanzig Jahre alt, und in jener Zeit wurde ich Anarchist.«

*Er schwieg eine Weile, beugte sich noch mehr vor und fuhr fort.*

»Ich war immer schon mehr oder weniger aufgeweckt. Ich spürte diese Entrüstung in mir und wollte sie verstehen. So wurde ich zu einem bewußten und überzeugten Anarchisten – zu dem bewußten und überzeugten Anarchisten, der ich heute noch bin.«

»Und Ihre heutige Theorie, ist das dieselbe wie damals?«

»Dieselbe. Die anarchistische Theorie, die wahre Theorie, das ist doch ein und dasselbe. Ich habe an ihr festgehalten, seitdem ich mich zum Anarchisten gemacht habe, Sie werden gleich sehen... Wie ich Ihnen schon sagte, war ich von Natur aus helle und wurde so zu einem bewußten Anarchisten. Nur, was heißt das, Anarchist sein? Das heißt, sich gegen die Ungerechtigkeiten auflehnen, die darin bestehen, daß wir *gesellschaftlich* gesehen ungleich zur Welt kommen – das ist es, was einen Anarchisten ausmacht. Daraus folgt, wie sich zeigen läßt, die Auflehnung gegen die gesellschaftlichen Konventionen, die diese Ungleichheit erst ermöglichen. Was ich Ihnen jetzt erklären will, ist der psychologische Weg: wie wird einer zum Anarchisten? Ich komme gleich auf die Theorie zurück. Versuchen Sie jetzt einmal, die Entrüstung eines gescheiten Typen unter solchen Umständen nachzuvollziehen. Wie sieht er die Welt? Der eine wird als Millionär geboren und ist von Geburt an gefeit gegen Mißgeschicke – und davon gibt es mehr als genug –, Mißgeschicke, die das Geld verhindert oder immerhin abschwächt; ein anderer kommt armselig zur Welt und ist von Kind an ein Mund zuviel in einer Familie, die mehr Münder stopfen muß, als sie kann. Der eine kommt als Graf oder Marquis zur Welt und genießt die Hochachtung der Menschen, egal was er tut; ein anderer, wie ich, muß klein beigeben, will er wie ein Mensch behandelt werden. Manche werden so geboren, daß sie studieren, reisen und sich bilden können – sich intelligenter machen können (sagen wir es ruhig so) als andere, die es von Natur aus wären. So ist es und so wird es alles in allem weiterhin sein ...

Die Ungerechtigkeiten der Natur – sei's drum! wir können sie nicht abschaffen. Aber die der Gesellschaft und ihrer Verhältnisse – warum schaffen wir sie nicht ab? Ich nehme es hin, – und ich habe gar keine andere Wahl –, daß mir jemand überlegen ist, weil ihm die Natur gewisse Gaben geschenkt hat: Talent, Kraft, Energie. Ich nehme nicht hin, daß er mir aufgrund solcher Eigenschaften überlegen sein soll, die erst später hinzugekommen sind und die er nicht hatte, als er den Bauch seiner Mutter verließ, die vielmehr ein glücklicher Zufall ihm verliehen hat, kaum daß er draußen war – Reichtum, eine gesellschaftliche Stellung, Erleichterungen im Leben, usw. Und aus dieser Auflehnung, die ich Ihnen hier darzulegen versuche, ging damals mein Anarchismus hervor – jener Anarchismus – ich sagte das schon – zu dem ich mich nach wie vor unverändert bekenne.«

*Wieder schwieg er eine Weile, als müsse er erst überlegen, wie er fortfahren könnte. Er rauchte und blies den Rauch langsam an mir vorbei. Dann wandte er sich mir wieder zu und wollte gerade fortfahren, als ich ihn unterbrach.*

»Eine Frage, aus purer Neugier... Warum sind Sie eigentlich Anarchist? Sie hätten ebensogut Sozialist werden können oder auf sonst etwas Fortschrittliches, aber weniger Entlegenes zurückgreifen können. Das hätte sich doch auch mit Ihrer Auflehnung vereinbaren lassen... Ich schließe aus dem, was Sie mir gesagt haben, daß Sie Anarchismus (und ich finde, das wäre eine gute Definition) als Auflehnung gegen alle gesellschaftlichen Konventionen und Formeln verstehen, als den Wunsch und das Bemühen, sie alle abzuschaffen...«

»Genau das.«

»Und warum haben Sie sich für diese extreme Lösung entschieden und nicht für irgendeine andere... eine irgendwo dazwischen?...«

»Das werde ich Ihnen gleich sagen. Ich habe über all das lange nachgedacht. Selbstverständlich kam ich durch die Flugblätter, die ich las, mit all diesen Theorien in Berührung. Ich entschied mich für die anarchistische Theorie – eine extreme Theorie, wie Sie ganz richtig bemerkt haben –, aus Gründen, die ich Ihnen in ein paar Worten verraten will.«

*Er starrte eine Zeitlang ins Leere. Dann wandte er sich wieder mir zu.*

Das wahre Übel, das Übel schlechthin, sind die gesellschaftlichen Konventionen und Fiktionen, die sich über die natürlichen Gegebenheiten legen – angefangen von der Familie bis hin zum Geld, von der Religion bis zum Staat. Man wird als Mann oder als Frau geboren – ich will damit sagen, man wird geboren, um als Erwachsener einmal Mann oder Frau zu sein; man wird aber nach den Gesetzen der Natur nicht geboren, um Ehemann oder um reich oder arm zu sein, ebensowenig kommt man als Katholik oder Protestant, als Portugiese oder Engländer zur Welt. All das wird man nur unter dem Einfluß gesellschaftlicher Fiktionen. Warum aber sind diese gesellschaftlichen Fiktionen schlecht? *Weil es sich um Fiktionen handelt, weil sie nicht natürlich sind.* Der Staat taugt ebensowenig wie das Geld, die Religionen genausowenig wie eine Familiengründung. Gäbe es andere Fiktionen dieser Art, wären sie genauso schlecht, *weil es auch nur Fiktionen wären*, weil sie sich auch nur über die natürlichen Gegebenheiten legen würden und diesen im Wege wären. Und jedes System – außer dem rein anarchistischen, das ja all diese Fiktionen samt und sonders abschaffen will – *ist auch nur eine Fiktion.* All unser Wünschen und all unser Bemühen, unsere ganze Intelligenz darauf zu verwenden, eine gesellschaftliche Fiktion durch eine andere zu ersetzen, wäre absurd, wenn nicht ein Verbrechen, *weil das darauf hinausliefe, Aufruhr in die Gesellschaft zu tragen, und das einzig und allein mit dem Ziel, nichts zu verändern.* Wenn wir schon die gesellschaftlichen Fiktionen ungerecht finden, weil sie das Natürliche im Menschen niederhalten und unterdrücken, warum dann unsere Kraft damit verschwenden, sie durch andere zu ersetzen, wo wir sie doch alle vernichten könnten?

Mir scheint, das ist schlüssig. Doch nehmen wir einmal an, dem wäre nicht so; nehmen wir einmal an, man hielte dem entgegen, das alles sei ja ganz richtig, aber das anarchistische System sei in der Praxis nicht zu verwirklichen. Prüfen wir ruhig diese Seite des Problems.

Warum wäre das anarchistische System nicht zu verwirklichen? Wir Fortschrittler gehen alle von dem Grundsatz aus, daß das gegenwärtige System ungerecht ist, darüber hinaus aber meinen wir, daß es durch ein gerechteres ersetzt werden muß, damit Gerechtigkeit herrschen kann. Dächten wir anders, wären wir keine Fortschrittler, sondern Bourgeois. Woher kommt nun das Kriterium für *Gerechtigkeit*? Aus dem, was *natürlich* und *wahr* ist, im Gegensatz zu den gesellschaftlichen Fiktionen und den Lügen der Konvention. Wenn aber etwas natürlich ist, dann ist es das ganz und gar nicht nur zur Hälfte, zu einem Viertel oder zu einem Achtel. Na schön! Dann aber eines von beiden: entweder läßt sich das, was natürlich ist, gesellschaftlich verwirklichen oder es läßt sich nicht verwirklichen; anders gesagt: entweder kann eine Gesellschaft etwas Natürliches sein, oder die Gesellschaft ist im wesentlichen Fiktion, dann kann sie in keiner Weise etwas Natürliches sein. Wenn eine Gesellschaft etwas Natürliches sein kann, dann kann es auch eine anarchistische oder freie Gesellschaft geben, muß es sie geben, weil sie eine ganz und gar natürliche Gesellschaft wäre. Kann eine Gesellschaft aber nicht etwas Natürliches sein, sollte sie (aus welchem Grund auch immer) Fiktion sein müssen, dann sollten wir sie als das kleinere Übel betrachten und sie innerhalb dieser unvermeidlichen Fiktion so natürlich wie möglich gestalten, damit sie auch so gerecht wie möglich ist. Und welches ist denn die natürlichste Fiktion? Keine ist an sich natürlich, da sie ja Fiktion ist; am natürlichsten wäre in diesem Falle noch die, welche am natürlichsten *erscheint*, welche als am natürlichsten *empfunden wird*. Und welche erscheint am natürlichsten, oder welche empfinden wir als am natürlichsten? Die, an welche wir gewöhnt sind. (Verstehen Sie: etwas ist natürlich, wenn es aus dem Instinkt kommt, und was zwar nicht aus dem Instinkt kommt, was ihm aber alles in allem ähnelt, ist die Gewohnheit. Rauchen ist weder natürlich, noch eine Notwendigkeit des Instinkts, doch haben wir uns erst einmal ans Rauchen gewöhnt, kommt es uns natürlich vor, wird es wie eine Notwendigkeit des Instinkts empfunden.) Und welche gesellschaftliche Fiktion ist uns zur Gewohnheit geworden? Nun, das jetzige System, das bürgerliche System. Daraus ergibt sich, logisch betrachtet: entweder wir halten eine natürliche Gesellschaft für möglich, dann müßten wir den Anarchismus vertreten, oder aber wir meinen, sie sei nicht möglich, und wir müßten das bürgerliche Regime verteidigen. Eine Hypothese dazwischen gibt es nicht. Konnten Sie mir folgen? ...«

»Ja, das ist durchaus schlüssig.«

»Noch nicht ganz schlüssig ... Noch gilt es einen anderen Einwand derselben Art auszuschalten ... Man könnte darin übereinstimmen, daß das anarchistische System zwar verwirklicht werden kann, man könnte aber bezweifeln, daß es *mit einem Mal* verwirklicht wird – bezweifeln, daß es einen Übergang von der bürgerlichen zur freien Gesellschaft gibt, ohne daß sich ein oder mehrere Stadien bzw. Regimes dazwischenschalten. Wer einen solchen Einwand vorbringt, hält die anarchistische Gesellschaft zwar für gut und machbar; doch schwant ihm, daß es ein Übergangsstadium geben muß zwischen bürgerlicher und anarchistischer Gesellschaft.

Na schön. Nehmen wir einmal an, daß dem so sei. Was für ein Übergangsstadium wäre das? Unser Ziel ist die anarchistische oder freie Gesellschaft. Folglich kann das Übergangsstadium nur eines sein, das die Menschheit auf die freie Gesellschaft vorbereitet. Diese Vorbereitung ist entweder materieller oder geistiger Art; das heißt, entweder handelt es sich um eine Reihe materieller bzw. gesellschaftlicher Errungenschaften, mit deren Hilfe sich die Menschheit auf die freie Gesellschaft einzustellen lernt, oder es handelt sich um bloße Aufklärung, die immer mehr an Boden und Einfluß gewinnt und die die Menschheit *geistig* dahin bringt, diese freie Gesellschaft zu wünschen und zu akzeptieren.

Nehmen wir einmal den ersten Fall an, die allmähliche materielle Umstellung der Menschheit auf die freie Gesellschaft. Das wäre unmöglich, – mehr als unmöglich, es wäre absurd. Materiell kann man sich nur auf etwas *schon Existierendes* umstellen. Niemand von uns kann sich materiell auf das gesellschaftliche Milieu des 23. Jahrhunderts umstellen, auch wenn er wüßte, wie es beschaffen wäre; und er kann sich deshalb nicht materiell darauf umstellen, weil das 23. Jahrhundert mit seinem gesellschaftlichen Milieu *materiell* noch nicht existiert. Und so kommen wir zu dem Schluß, daß beim Übergang von der bürgerlichen zur freien Gesellschaft von Umstellung, Wandlung oder Wechsel nur *geistig* die Rede sein kann, nämlich so, daß sich die Leute geistig allmählich auf die Idee einer freien Gesellschaft einstellen... Was dagegen die materielle Umstellung anbelangt, gäbe es noch die Hypothese...«

»Zum Kuckuck mit all Ihren Hypothesen!«

»Lieber Mann! Jemand mit einem wachen Verstand muß doch erst alle denkbaren Einwände prüfen und widerlegen, bevor er dann behaupten kann, er sei sich seiner Lehre sicher. Überdies ist das alles die Antwort auf eine Frage, die Sie mir gestellt haben.«

»Schon gut.«

»Was also die materielle Umstellung anbelangt, gibt es jedenfalls, wie ich schon sagte, noch eine andere Hypothese. Und zwar die einer revolutionären Diktatur.«

»Wie? Einer revolutionären Diktatur?«

»Wie ich vorhin schon dargelegt habe, kann es keine materielle Umstellung auf etwas geben, das materiell noch gar nicht existiert. Wenn aufgrund einer plötzlichen Erschütterung eine gesellschaftliche Revolution stattfände, würde nicht eine freie Gesellschaft errichtet (die Menschheit wäre darauf ja noch nicht vorbereitet), sondern die Diktatur derer, die die freie Gesellschaft einführen wollen. Es existierte somit schon *materiell* etwas von der freien Gesellschaft, wenn auch nur im Entwurf, in der Anlage. Es gäbe folglich etwas Materielles, auf das sich die Menschheit einstellen könnte. Und genau das ist das Argument, das jene Schwachköpfe vertreten würden, die eine »Diktatur des Proletariats«

vertreten, wenn sie nur in der Lage wären zu argumentieren oder zu denken. Selbstverständlich stammt das Argument nicht von ihnen: es stammt von mir. Ich führe es als Einwand gegen mich selber an. Und, wie ich Ihnen jetzt zeigen werde – es ist falsch.

Ein revolutionäres Regime, welches Ziel es auch immer ansteuern mag, von welchen Ideen es sich auch immer leiten läßt, ist *materiell* gesehen, solange es existiert, nur eines – ein revolutionäres Regime. Nun bedeutet revolutionäres Regime aber Kriegsdiktatur oder, um es genauer zu bezeichnen, ein militärisches Gewaltregime, weil nämlich der Kriegszustand über die Gesellschaft verhängt würde, und zwar von einem Teil ihrer selbst, – jenem Teil, der mit der Revolution die Macht übernommen hat. Und was kommt dabei heraus? Heraus kommt dabei, daß derjenige, der sich auf ein solches Regime einstellt, das *materiell* und *umstandslos* ein militärisches Gewaltregime ist, sich auf ein militärisches Gewaltregime einstellt. Die Idee, von der sich die Revolutionäre hatten leiten lassen, und das Ziel, das sie angesteuert hatten, sind jetzt vollständig aus der gesellschaftlichen *Wirklichkeit* verschwunden, die vielmehr ausschließlich von kriegerischem Geschehen in Anspruch genommen wird. So entspringt also einer revolutionären Diktatur – und das um so mehr, je länger diese Diktatur dauert – eine kriegerische Gesellschaft von der Art einer Diktatur, mit anderen Worten, eine militärische Gewaltherrschaft. Wie könnte dem auch anders sein? Es ist ja nie anders gewesen. Ich kenne mich in der Geschichte nicht besonders aus, doch das, was ich weiß, bestätigt das alles nur und hat es immer wieder bestätigt. Was ist aus den politischen Unruhen Roms hervorgegangen? Das römische Imperium und seine militärische Gewaltherrschaft. Was ist aus der Französischen Revolution hervorgegangen? Napoleon und seine militärische Gewaltherrschaft. Und Sie werden noch sehen, was die russische Revolution hervorbringen wird ... Etwas das die Verwirklichung der freien Gesellschaft um Jahrzehnte verzögern wird. Aber was darf man schon von einem Volk von Analphabeten und Mystikern erwarten? ...

Doch das gehört nicht hierher ... Haben Sie meinen Argumenten folgen können?«

»Durchaus.«

»Dann verstehen Sie auch, warum ich zu folgender Schlußfolgerung gekommen bin: Ziel: die anarchistische Gesellschaft, die freie Gesellschaft. Mittel: *übergangsloser* Wechsel von der bürgerlichen zur freien Gesellschaft. Dieser Wechsel könnte vorbereitet und ermöglicht werden mit Hilfe einer intensiven, totalen, allumfassenden Aufklärungsarbeit; sie würde die Leute empfänglich machen und jeden Widerstand schwächen. Selbstverständlich verstehe ich unter ›Aufklärungsarbeit‹ nicht nur das geschriebene oder gesprochene Wort: ich verstehe darunter jede direkte oder indirekte Aktion, sofern sie dazu beiträgt, die Leute für die freie Gesellschaft empfänglich zu machen und den Widerstand gegen ihre Heraufkunft zu schwächen. Wenn es dann quasi keinen Widerstand mehr gibt, könnte sich die gesellschaftliche Revolution, wenn sie denn stattfindet, rasch und leicht vollziehen und sie hätte keine revolutionäre Diktatur nötig, denn gegen wen sollte sie sich überhaupt richten? Wenn sich aber die Dinge so nicht ereignen können, hieße das, daß sich der Anarchismus nicht verwirklichen läßt; und wenn sich der Anarchismus nicht verwirklichen läßt, dann ist, wie ich schon nachgewiesen habe, nur die bürgerliche Gesellschaft verteidigenswert und gerecht.

Sie sehen also, warum und wie ich zum Anarchisten wurde und warum und wie ich die übrigen, weniger kühnen Soziallehren als falsch und naturwidrig verworfen habe.

Das wär's! ... Nehmen wir jetzt meine Geschichte wieder auf.«

*Er ließ ein Streichholz aufflammen und zündete sich langsam seine Zigarre an. Dann konzentrierte er sich, um nach einer kleinen Pause fortzufahren.*

Es gab eine Reihe anderer junger Burschen, die meine Ansichten teilten. Bei den meisten handelte es sich um Arbeiter, doch nicht bei allen; alle aber waren arm und, soweit ich mich erinnere, nicht gerade dumm. Alle wollten wir uns in gewissem Sinne weiterbilden, Dinge kennenlernen und gleichzeitig Aufklärungsarbeit machen, unsere Ideen unter die Leute bringen. Wir wollten für uns und für die anderen – für die ganze Menschheit – eine neue Gesellschaft, eine Gesellschaft frei von all diesen Vorurteilen, die auf künstliche Weise die Menschen für ungleich erklären und ihnen Minderwertigkeiten, Gebrechen und Beschränktheiten andichten, mit denen die Natur nichts im Sinn hat. Was mich betrifft, so wurde ich durch die Lektüre in meinen Ansichten bestärkt. Von den preiswerten anarchistischen Veröffentlichungen jener Zeit, es gab davon damals schon mehr als genug, las ich fast alles. Ich ging zu den Vorträgen und Versammlungen derer, die damals Aufklärungsarbeit betrieben. Jedes Buch und jede Rede überzeugten mich nur noch mehr von der Richtigkeit und Wahrheit meiner Ideen. Und wovon ich damals überzeugt war – mein lieber Freund, ich sage das gerne noch einmal –, davon bin ich noch heute überzeugt; der einzige Unterschied ist, daß ich damals von Ideen überzeugt war, heute aber bin ich von ihnen überzeugt und gleichzeitig lebe ich sie.«

»Nun ja, das mag ja angehen, schön! Wahrscheinlich sind Sie so zum Anarchisten geworden, und ich gestehe Ihnen zu, daß Sie Anarchist waren. Es sind keine weiteren Beweise vonnöten. Ich würde nur gern wissen, wie daraus der Bankier entstanden ist..., wie das ohne Widerspruch vor sich gehen konnte... Ich könnte mir zum Beispiel vorstellen, daß...«

»Sie können sich gar nichts vorstellen. Ich weiß schon, was Sie sagen wollen... Sie stützen sich auf die Argumente, die Sie soeben vernommen haben, und Sie glauben, ich sei der Meinung, der Anarchismus ließe sich nicht verwirklichen, und daß deswegen, wie ich eben sagte, einzig die bürgerliche Gesellschaft verteidigenswert und gerecht sei, – stimmt's...«

»Ja, so oder ähnlich dachte ich mir das...«

»Und wie sollte das möglich sein, wo ich Ihnen doch zu Beginn unserer Unterhaltung gesagt und auch wiederholt habe, daß ich Anarchist bin, daß ich nicht nur einer war, sondern immer noch einer bin? Wenn ich aus dem Grund, den Sie in Rechnung stellen, Bankier und Händler geworden wäre, wäre ich nicht Anarchist, sondern Bourgeois.«

»Ja, da haben Sie wohl Recht... Aber wie zum Teufel...? Also, schießen Sie los!...«

»Wie ich Ihnen schon sagte, bin ich (war ich immer) jemand mit einem wachen Verstand und außerdem ein Mann der Tat. Dabei handelt es sich um natürliche Eigenschaften; sie wurden mir nicht erst in die Wiege gelegt (wenn ich jemals eine Wiege hatte), höchstens habe ich sie da reingelegt. Als Anarchist fand ich es unerträglich, nur passiv Anarchist zu sein, nur immer Reden anzuhören und mit den Freunden darüber zu diskutieren. Nein: es mußte etwas geschehen! Es mußte gearbeitet werden und für die Sache der Unterdrückten und der Opfer gesellschaftlicher Konventionen gekämpft werden! Ich beschloß, im Rahmen des Möglichen, die Sache in die Hand zu nehmen. Ich überlegte mir, wie ich der anarchistischen Sache dienlich sein könnte. Ich ließ mir einen Aktionsplan durch den Kopf gehen.

Was will denn ein Anarchist? Freiheit – Freiheit für sich und die anderen, für die ganze Menschheit. Er möchte sich vom Einfluß und dem Druck der gesellschaftlichen Fiktionen befreien, er möchte frei sein, wie damals, als er geboren wurde und ins Leben trat, so frei, wie er es eigentlich immer sein sollte, ginge es gerecht zu, und diese Freiheit will er für sich und die anderen. Nur können vor der Natur nicht alle gleich sein: die einen kommen groß, die anderen klein zur Welt; die einen sind von Geburt an stark, die anderen schwach; manche sind intelligent, andere sind es weniger ... Doch von diesem Tatbestand aus könnten alle gleich sein, nur – die gesellschaftlichen Fiktionen verhindern es, und so galt es, die gesellschaftlichen Fiktionen zu vernichten.

Es galt, sie zu vernichten. Doch eines entging mir dabei durchaus nicht: es galt, sie zu vernichten, *aber zugunsten der Freiheit*, die Errichtung einer freien Gesellschaft mußte im Auge behalten werden. Denn man kann gesellschaftliche Fiktionen um der Freiheit willen vernichten, um ihr den Weg zu ebnen, aber auch, um neue gesellschaftliche Fiktionen heraufzubeschwören, die schon insofern nichts taugen können, als es sich auch wiederum nur um Fiktionen handelt. Vorsicht war also geboten. Es galt, einen Aktionsplan zu entwerfen – ob mit oder ohne Gewalt, egal (denn angesichts der herrschenden Ungerechtigkeiten war alles erlaubt) –, einen Plan, der dazu beitragen würde, die gesellschaftlichen

Fiktionen zu vernichten, ohne deshalb die Schaffung zukünftiger Freiheit zu behindern; also mußte im Rahmen des Möglichen schon etwas von der zukünftigen Freiheit geschaffen werden.

Bei dieser Freiheit, die nicht behindert werden durfte, handelte es sich selbstverständlich um eine *Freiheit in der Zukunft* und, in der Gegenwart, um *die Freiheit derer, die von den gesellschaftlichen Fiktionen unterdrückt wurden.* Es versteht sich von selbst, daß wir nicht darauf achtzugeben brauchten, ob wir vielleicht die »Freiheit« der Mächtigen, der Gutsituierten, all jener behinderten, die die gesellschaftlichen Fiktionen repräsentierten und von ihnen profitierten. Ihre Freiheit ist keine Freiheit, es ist die Freiheit zu tyrannisieren, also das Gegenteil von Freiheit. Eben die, die es im Gegenteil unter allen Umständen zu verhindern und zu bekämpfen galt. Das ist doch einleuchtend – oder?«

»Durchaus einleuchtend ... Fahren Sie fort ...«

»Für wen will ein Anarchist Freiheit? Für die ganze Menschheit. Und wie erreicht man Freiheit für die ganze Menschheit? Indem man alle gesellschaftlichen Fiktionen völlig vernichtet. Und wie lassen sich die gesellschaftlichen Fiktionen völlig vernichten? Ich habe Ihnen vorhin schon die Erklärung dafür gegeben, als ich auf Ihre Frage hin die anderen fortschrittlichen Systeme erörterte und Ihnen erklärte, warum und wie ich zum Anarchisten wurde ... Erinnern Sie sich noch an die Schlußfolgerung?«

»Ich erinnere mich ...«

»Eine überwältigende Revolution, plötzlich und unerwartet, Ergebnis: die Gesellschaft geht mit einem Sprung vom bürgerlichen Regime in eine freie Gesellschaft über. Diese gesellschaftliche Revolution, von langer Hand und mittels direkter und indirekter Aktionen intensiv vorbereitet, um die Leute für die Heraufkunft der freien Gesellschaft empfänglich zu machen und um die Widerstände der Bourgeoisie bis hin zur Bewußtlosigkeit zu schwächen... Ich brauche Ihnen nicht all die Gründe zu wiederholen, die, auf den Anarchismus bezogen, unweigerlich zu dieser Schlußfolgerung führen. Ich habe sie Ihnen schon auseinandergesetzt, und Sie haben sie ja begriffen.«

»Eben.«

»Eine solche Revolution könnte günstigenfalls eine Weltrevolution sein, die gleichzeitig an allen Ecken der Welt – oder zumindest an den wichtigsten Ecken ausbrechen würde; oder, falls nicht, die immerhin von einer Ecke auf die andere übergreifen würde, – sie wäre auf jeden Fall fulminant und fände überall, d. h. in jeder Nation statt.

Na schön! Aber welchen Beitrag könnte ich dazu leisten? Ich allein könnte sie nicht machen, die große Weltrevolution, ich könnte nicht einmal in meinem eigenen Land eine ganze Revolution auslösen. Einzig und allein könnte ich mit all meinen Kräften mithelfen, diese Revolution vorzubereiten. Ich habe Ihnen schon erklärt, wie: indem ich mit allen verfügbaren Mitteln die gesellschaftlichen Fiktionen bekämpfe, indem ich weder diesen Kampf bzw. die Aufklärungsarbeit für eine freie Gesellschaft behindere, noch die zukünftige Freiheit oder die jetzige Freiheit der Unterdrückten beeinträchtige, indem ich jetzt schon, wenn möglich, etwas von dieser zukünftigen Freiheit schaffe.«

*Er zog den Rauch ein, machte eine kurze Pause und fuhr dann fort.*

Dabei, lieber Freund, konnte ich meinen ganzen Scharfsinn ins Werk setzen. Für die Zukunft zu arbeiten, ist gut, dachte ich; für die Freiheit der anderen zu arbeiten, ist rechtens. Doch wo bleibe ich bei all dem? Zähle ich nicht? Wäre ich ein Christ gewesen, hätte ich mich rüstig für die Zukunft der anderen eingesetzt, denn dann hätte ich ja meine Belohnung im Himmel erhalten. Nur, wäre ich Christ gewesen, wäre ich nicht auch Anarchist gewesen, denn derlei Ungerechtigkeiten hätten in diesem kurzen Leben kein Gewicht gehabt: sie wären nur Teil der irdischen Prüfungen gewesen, und das ewige Leben hätte einen für sie entschädigt. Doch ich war ja nicht Christ und bin nicht Christ; also fragte ich mich: für wen soll ich mich eigentlich aufopfern? Mehr noch: *warum* soll ich mich überhaupt aufopfern?

Mir kamen Momente des Zweifelns; Sie verstehen wohl, warum … Ich bin Materialist, dachte ich; ich habe nur dieses eine Leben; warum also soll ich mich mit Aufklärungsarbeit, sozialen Ungleichheiten und anderen Geschichten herumschlagen, wo ich mich doch an allem Möglichen erfreuen, mich zerstreuen könnte, statt mich mit all dem zu befassen? Warum soll einer, der nur dieses eine Leben hat, der nicht an das ewige Leben glaubt, der kein anderes Gesetz als das der Natur anerkennt, der sich dem Staat widersetzt, weil er unnatürlich ist, und der Ehe, weil sie unnatürlich ist, dem Geld, weil es unnatürlich ist, all den gesellschaftlichen Fiktionen, weil sie unnatürlich sind, warum zum Kuckuck soll der eigentlich für Selbstlosigkeit eintreten und sich für andere, für die ganze Menschheit aufopfern, wo doch Selbstlosigkeit und Aufopferung auch unnatürlich sind? Jawohl, dieselbe Logik, die mir vor Augen geführt hatte, daß der Mensch nicht geboren wird, um zu heiraten oder um Portugiese, um reich oder arm zu sein, dieselbe Logik sagte mir, daß er ebensowenig geboren wird, um *solidarisch* zu sein, daß er einzig und allein geboren wird, um er selber zu sein, also das Gegenteil von selbstlos und solidarisch, kurz: ein vollkommener Egoist.

Ich habe diese Frage mit mir selber diskutiert. Denke daran, sagte ich mir, daß du mit deinem Eintritt ins Leben zum Menschengeschlecht gehörst, also die Pflicht hast, mit allen anderen Menschen solidarisch zu sein. Aber ist denn die Idee der »Pflicht« natürlich? Woher kommt überhaupt diese Idee? Wenn mich diese Pflichtidee dazu verpflichtet, mein Wohlergehen, meine Annehmlichkeiten, meinen Selbsterhaltungstrieb und andere natürliche Triebe aufs Spiel zu setzen, unterscheidet sich dann noch die Ausführung dieser Idee von der Ausführung irgendeiner gesellschaftlichen Fiktion, die in uns genau dieselbe Wirkung hervorruft?

Diese Idee der Pflicht, der Solidarität mit den Menschen könnte man nur dann als eine natürliche betrachten, *wenn sie mit einer Entschädigung für das Ich einherginge*, weil sie dann im Prinzip zwar immer noch dem natürlichen Egoismus widersprechen würde, ihm letzten Endes aber nicht widerspräche, weil eine Entschädigung gewährt wird. Ein Vergnügen preiszugeben, es so ohne weiteres preiszugeben, das wäre nicht natürlich; ein Vergnügen jemand anderem zuliebe preiszugeben, liegt schon im Rahmen des Natürlichen: es gilt also, von zwei natürlichen Dingen, die man nicht gleichzeitig haben kann, eines zu wählen, und zwar das bessere. Und welche eigennützige bzw. natürliche Entschädigung wird mir gewährt, wenn ich mich der Sache der freien Gesellschaft und des zukünftigen Glücks der Menschheit verschreibe? Einzig das Bewußtsein, meine Pflicht getan zu haben, mich für einen guten Zweck eingesetzt zu haben; und das hat nichts mit eigennütziger Entschädigung, nichts mit einem Vergnügen an sich zu tun, es könnte allenfalls ein Vergnügen sein, wenn es denn eines ist, das einer Fiktion entspringt, so wie es ein Vergnügen sein kann, unendlich reich zu sein oder in eine gute gesellschaftliche Position hineingeboren zu werden.

Ja, ich gestehe, mein Lieber, daß es Momente des Zweifelns gab... Ich empfand wie einer, der seine Überzeugungen verraten hat, ich fühlte mich wie ein Verräter... Doch damit habe ich bald aufgeräumt. Ich war der Meinung, daß ich wußte, was Gerechtigkeit bedeutet. Ich empfand sie wie etwas Natürliches. Ich spürte, daß es eine Pflicht gab, die mehr galt, als sich mit dem eigenen Schicksal zu beschäftigen. Also bohrte ich weiter.«

»Mir scheint nicht, daß dieses Vorhaben von großem Scharfsinn Ihrerseits zeugte... Sie haben die Schwierigkeit nicht gelöst... Sie machten aus einem ganz sentimentalen Antrieb heraus weiter...«

»Zweifelsohne. Aber ich erzähle Ihnen hier, wie ich zum Anarchisten wurde, warum ich es blieb und immer noch bin. Ich setze Ihnen ehrlich mein Zögern und meine Schwierigkeiten auseinander und wie ich sie überwunden habe. Ich gestehe, daß ich seinerzeit die logischen

Schwierigkeiten gefühlsmäßig überwunden habe und nicht mittels Überlegung. Doch Sie werden sehen, daß ich später, als ich zum völligen Verständnis des Anarchismus gelangt war, diese Schwierigkeit, die bis dahin ohne logisch befriedigende Antwort geblieben war, voll und ganz löste.«

»Seltsam...«

»Vielleicht... Aber lassen Sie mich in meiner Geschichte fortfahren! Ich hatte diese Schwierigkeit und ich habe sie gelöst, so gut ich konnte, wie ich Ihnen schon sagte. Doch bald darauf tauchte eine andere Schwierigkeit auf, die immer noch damit zu tun hatte und die mich reichlich verwirrte.

Es mochte ja angehen – warum nicht? –, daß ich bereit war, mich aufzuopfern, und das, ohne persönlich dafür belohnt zu werden, d. h. ohne eine wirklich *natürliche* Belohnung. Aber nehmen wir einmal an, die zukünftige Gesellschaft würde sich nicht so gestalten, wie ich es von ihr erhoffte, sie hätte nichts von der freien Gesellschaft an sich, für die ich mich doch, zum Teufel noch mal, aufopfern wollte. Mich ohne jede persönliche Belohnung aufzuopfern, mich ohne jeden Eigengewinn für eine Idee einzusetzen, mochte ja noch angehen; aber mich aufzuopfern ohne die geringste Gewißheit, daß das, wofür ich arbeitete, eines Tages auch existieren würde, *daß also die Idee, für die ich mich einsetzte, an Boden gewinnen würde*, – das ging zu weit... Ich sage Ihnen gleich, daß ich auch diese Schwierigkeit mit der gefühlsmäßigen Methode überwunden habe, mit der ich schon die andere überwunden hatte; doch gebe ich Ihnen auch zu bedenken, daß ich sie, ebenso wie die andere, automatisch mit Hilfe der Logik überwand von dem Moment an, wo der Anarchismus in mir zu vollem Bewußtsein gelangte ... Sie werden noch sehen ... Doch zu jener Zeit, von der die Rede war, half ich mir mit ein paar leeren Phrasen aus der Patsche: ›Ich habe meine Pflicht gegenüber der Zukunft getan, soll die Zukunft nun die ihre mir gegenüber erfüllen‹ ... so oder ähnlich ...

Ich setzte meine Schlußfolgerung, vielmehr meine Schlußfolgerungen den Genossen auseinander, und alle stimmten mir zu; sie stimmten mir darin zu, daß es darauf ankam, voranzuschreiten und sich ganz für die freie Gesellschaft einzusetzen. Zwei oder drei allerdings, und zwar von den Intelligentesten, blieben schwankend, nicht etwa, daß sie mir nicht zugestimmt hätten, nur hatten sie die Sache noch nie so klar gesehen und auch nicht die Kniffligkeiten in diesen Dingen ... Am Ende aber waren alle mit mir einig ... Wir würden alle für die große gesellschaftliche Revolution, für eine freie Gesellschaft arbeiten, die Zukunft würde uns Recht geben – oder auch nicht! Wir waren eine Gruppe von überzeugten Leuten und fingen mit der großen Aufklärungsarbeit an – groß, na ja, im Rahmen des uns Möglichen. Eine geraume Zeit waren wir ungeachtet aller Schwierigkeiten und Zerwürfnisse und trotz so mancher Verfolgung für das anarchistische Ideal tätig.«

*An dieser Stelle machte der Bankier eine etwas längere Pause. Die Zigarre, die wieder einmal ausgegangen war, zündete er nicht mehr an. Ein flüchtiges Lächeln trat plötzlich auf seinen Mund, und er sah aus wie jemand, der am entscheidenden Punkt angelangt ist, richtete seinen Blick noch fester auf mich und fuhr dann mit klarer Stimme und mit mehr Nachdruck fort.*

Zu jenem Zeitpunkt tauchte ein neues Problem auf. ›Zu jenem Zeitpunkt‹ ist so eine Redensart. Ich will sagen, daß ich nach ein paar Monaten Aufklärungsarbeit allmählich eine neue Verwicklung wahrnahm, und zwar die bedenklichste von allen, eine, die ins Gewicht fiel.

Sie erinnern sich doch noch, nicht wahr?, wie ich dank strengen Nachdenkens die Methode anarchistischen Handelns festgelegt hatte... Eine Methode bzw. Methoden, mit deren Hilfe die gesellschaftlichen Fiktionen zerstört werden sollten, ohne daß deswegen die Errichtung einer freien Gesellschaft beeinträchtigt würde, ohne daß also im geringsten das bißchen Freiheit derer beeinträchtigt würde, die gegenwärtig von den gesellschaftlichen Fiktionen unterdrückt werden; eine Methode, die, wenn eben möglich, schon etwas von der zukünftigen Freiheit vorwegnehmen würde...

Na schön! nachdem dieses Kriterium nun einmal feststand, verlor ich es nicht mehr aus den Augen... Nun, zu der Zeit, als wir Aufklärung betrieben, ich sprach gerade davon, fiel mir etwas auf. In der Propagandagruppe – wir waren nicht zahlreich, etwa vierzig, ich kann mich auch irren – stellte sich folgendes heraus: *es entstand eine Tyrannei.*«

»Es entstand Tyrannei? – Tyrannei? Wie denn das?«

»Auf folgende Weise ... ein paar befehligten den Rest und lenkten ihn nach ihrem Willen; ein paar beherrschten den Rest und verpflichteten ihn, sich nach ihnen zu richten; ein paar schafften es mit List und Tücke, sich den Rest gefügig zu machen. Ich will nicht behaupten, daß davon wichtige Angelegenheiten berührt waren. Es gab im übrigen auch gar keine wichtigen Angelegenheiten. Tatsache aber ist, daß stets und ständig dieses Phänomen auftrat, und zwar nicht nur in Zusammenhang mit der Aufklärungsarbeit, auch außerhalb, in den ganz gewöhnlichen Dingen des Lebens. Die einen wurden unmerklich zu Anführern, die anderen unmerklich zu Untertanen. Die einen wurden Anführer, weil sie Machtworte, andere, weil sie Kniffe anwendeten. Das zeigte sich in den läppischsten Situationen. Zum Beispiel zwei Jungs gehen gemeinsam durch eine Straße; am Ende der Straße angekommen, soll der eine rechts, der andere links weitergehen; jeder hat gute Gründe, seine Richtung einzuschlagen. Doch der, welcher links einbiegt, sagt zum anderen: »Komm mit, hier lang!«, und der andere antwortet, und das stimmte ja auch: »Mensch, das kann ich doch nicht! Ich muß doch da lang!« – aus diesem oder jenem Grunde ... Schließlich aber biegt der andere gegen seinen Willen und Vorteil mit nach links ein ... Und das geschah mal aufgrund von Überredungskünsten, mal auf Drängen hin, ein anderes Mal aus irgendeinem anderen Grund ... jedenfalls nie aus logischen Gründen; immer lag diesem Sichdurchsetzen und Sichunterordnen etwas Spontanes, irgend etwas Instinktives zugrunde ... Und so wie in den banalen Fällen ging es auch in allen anderen Fällen zu, von den nichtssagendsten bis hin zu den wichtigsten ... Begreifen Sie die Situation?«

»Durchaus. Aber was zum Teufel ist daran so seltsam? Das ist doch das Natürlichste von der Welt! ...«

»Mag sein! Wir werden sehen, warten Sie nur! Halten Sie jetzt aber einmal fest, *daß es sich um das Gegenteil dessen handelt, was der Anarchismus lehrt.* Machen Sie sich einmal klar, daß das alles in einer kleinen Gruppe geschah, einer Gruppe ohne Einfluß und Bedeutung, einer Gruppe, die nicht mit der Lösung eines schwerwiegenden Problems oder mit der Entscheidung über eine bedeutende Angelegenheit betraut war. Und machen Sie sich klar, daß es sich um Leute handelte, die sich ausdrücklich zusammengefunden hatten, um im Rahmen des ihnen Möglichen für die anarchistische Sache zu arbeiten – das heißt, um so gut wie möglich die gesellschaftlichen Fiktionen zu bekämpfen und so gut wie möglich die zukünftige Gesellschaft zu schaffen. Haben Sie sich diese zwei Punkte gemerkt?«

»Habe ich.«

»Ich bitte Sie, was heißt das aber? Eine kleine Gruppe aufrichtiger Leute (ich stehe dafür ein, daß sie aufrichtig waren!), die sich ausdrücklich zusammengetan und vereint hatte, um sich für die Sache der Freiheit einzusetzen, konnte nach ein paar Monaten nichts anderes an Konkretem und Handfestem vorweisen als – *Tyrannei in den eigenen Reihen.* Und machen Sie sich einmal klar, um was für eine Tyrannei es sich dabei handelte ... Es handelte sich nicht um eine Tyrannei, die das Ergebnis gesellschaftlicher Fiktionen gewesen wäre; man hätte so etwas, wenn es auch bedauerlich gewesen wäre, bis zu einem bestimmten Punkte entschuldigen können, allerdings weniger bei uns, die wir ja diese Fiktionen bekämpfen wollten, als bei anderen; doch schließlich lebten wir mitten in einer Gesellschaft, die auf diesen Fiktionen errichtet war, und es konnte nicht ausschließlich uns angelastet werden, wenn wir ihren Auswirkungen nicht gänzlich zu entgehen vermochten. Aber das war ja nicht das Eigentliche. Die, welche die anderen befehligten bzw. sie nach ihrem Willen lenkten, taten das nicht mit Hilfe von Geld oder kraft ihres Ranges oder irgendeiner fiktiven Autorität, die sie sich angemaßt hätten, – nein! es geschah aus einem Handeln heraus, das mit gesellschaftlichen Fiktionen nichts zu tun hatte. Das heißt: gemessen an den gesellschaftlichen Fiktionen, handelte es sich dabei um *eine neue Art der Tyrannei.* Diese Tyrannei wurde auf Menschen ausgeübt, die ihrerseits ganz wesentlich von den gesellschaftlichen Fiktionen unterdrückt wurden. Obendrein wurde sie in den eigenen Reihen ausgeübt, und zwar von Menschen, deren erklärte Absicht es war, Tyrannei abzuschaffen und Freiheit zu schaffen.

Jetzt übertragen Sie einmal den Fall auf eine viel größere, viel einflußreichere Gruppe, die sich mit viel wichtigeren Fragen und mit grundlegenderen Entscheidungen befaßt hätte. Nehmen Sie einmal an, diese Gruppe richtete ihre ganze Kraft darauf, eine freie Gesellschaft zu schaffen, wie das bei unserer Gruppe der Fall war. Und jetzt sagen Sie mir, ob Sie hinter dieser erdrückenden Anhäufung einander überschneidender Tyranneien noch etwas von einer zukünftigen Gesellschaft sehen, die einer freien oder menschenwürdigen Gesellschaft ähnelte ...«

»Ja, das ist sehr seltsam ...«

»Seltsam, nicht wahr? ... Und schauen Sie, es gab

auch äußerst seltsame Nebenerscheinungen ... zum Beispiel: die Helfertyrannei ...«

»Die was?«

»Die Helfertyrannei. Es gab welche bei uns, die, statt die anderen zu befehligen, statt sie zu beherrschen, ihnen im Gegensatz halfen, wo sie nur konnten. Das sieht doch wie ein Gegensatz aus, nicht wahr? Doch weit gefehlt! Es lief auf dasselbe hinaus. Es war dieselbe neuartige Tyrannei und dieselbe Art von Verstoß gegen anarchistische Prinzipien.«

»Also, das ist ja ... und wieso?«

»Jemandem helfen, lieber Freund, heißt jemanden für unfähig erklären; wenn dieser Jemand gar nicht unfähig ist, läuft das darauf hinaus, ihn entweder unfähig zu machen oder vorauszusetzen, er sei unfähig; im ersten Fall handelt es sich um Tyrannei, im zweiten um Verachtung. In dem einen wird die Freiheit des anderen beschnitten, im anderen wird, wenigstens unbewußt, davon ausgegangen, der andere sei verachtenswert und unwürdig oder zur Freiheit unfähig.

Kommen wir auf unsere Frage zurück ... Sie sehen also, es geht hier um etwas Schwerwiegendes. Es mochte noch angehen, daß wir uns für eine zukünftige Gesellschaft einsetzten, ohne darauf bauen zu können, daß diese uns auch dankbar aufnimmt, oder Gefahr laufend, daß es sie nie gäbe. All das mochte noch angehen. Doch was wirklich zu weit ging, war die Tatsache, daß wir an einer zukünftigen Freiheit arbeiteten, aber praktisch nichts anderes zu Wege brachten als Tyrannei, als eine neuartige Tyrannei, eine Tyrannei, die von uns Unterdrückten auf uns Unterdrückte ausgeübt wurde. Das ging entschieden zu weit ...

Mir gab das zu denken. Es mußte da einen Fehler,

irgendeine Verirrung geben. Unsere Absichten waren in Ordnung, unsere Lehre überzeugend; gab es in unserem Vorgehen vielleicht einen Irrtum? Bestimmt! Aber wo zum Teufel steckte der Fehler? Ich zerbrach mir den Kopf und wurde fast verrückt dabei. Eines Tages plötzlich, wie das meistens in solchen Fällen geschieht, fand ich die Lösung. Es war der hohe Tag meiner anarchistischen Theorien: der Tag, an dem ich sozusagen die Technik des Anarchismus entdeckte.«

*Er schaute mich eine Weile an, ohne mich wirklich anzuschauen. Dann fuhr er im selben Ton fort:*

»Ich dachte also nach... Wir hatten es mit einer neuartigen Tyrannei zu tun, mit einer Tyrannei, die nicht das Ergebnis gesellschaftlicher Fiktionen war. Aber woher kam sie dann? Etwa aus natürlichen Eigenschaften? Wenn ja, dann gute Nacht, freie Gesellschaft! Denn wenn eine Gesellschaft, in der nur die natürlichen Eigenschaften der Menschen am Werk sind – jene Eigenschaften, mit denen sie zur Welt kommen, die naturgegeben sind und gegen die niemand ankommt –, wenn eine solche Gesellschaft nichts als eine Anhäufung von Tyranneien ist, wer wird dann noch den kleinen Finger rühren und zu ihrer Heraufkunft beitragen wollen? Tyrannei auf Tyrannei? – dann soll gleich die bleiben, die nun schon einmal da ist, an die wir uns gewöhnt haben und die wir fatalerweise weniger spüren, als wir eine neue zu spüren bekämen, trotz des Schrecklichen, das allen Schikanen der Natur anhaftet – gegen sie aufzubegehren ist zwecklos, wie man ja auch gegen den unumgänglichen Tod keine Revolution anzetteln kann oder wegen einer niederen Abstammung, wo man doch eine höhere gewünscht hätte. Und ich hatte Ihnen ja schon auseinandergesetzt, daß, sollte aus irgendeinem Grunde eine anarchistische Gesellschaft nicht zu verwirklichen sein, eben die bürgerliche bestehen bleiben muß, weil sie – von der anarchistischen Gesellschaft abgesehen – natürlicher ist als jede nur denkbare andere Gesellschaft.

Aber war denn die Tyrannei, die in unserer Mitte entstanden war, wirklich das Ergebnis natürlicher Eigenschaften? Was sind denn überhaupt natürliche Eigenschaften? Es ist der Grad an Intelligenz, an Vorstellungskraft, an Willen, mit dem einer zur Welt kommt – was das Geistige anbelangt, selbstredend, denn mit den natürlichen physischen Eigenschaften ist das etwas anderes. Ein Typ nun, der einen anderen befehligt, unabhängig von den gesellschaftlichen Fiktionen, tut das zwangsläufig, weil er ihm in dieser oder jener natürlichen Eigenschaft überlegen ist. Er beherrscht ihn, weil er sich seine natürliche Eigenschaft zunutze macht. Bleibt die Frage, ob ein solcher Gebrauch der natürlichen Eigenschaften rechtens, d. h. *natürlich* ist.

Was aber wäre nun der natürliche Gebrauch unserer natürlichen Eigenschaften? Er müßte den natürlichen Bestrebungen unserer Persönlichkeit dienen. Jemanden beherrschen, wäre das ein natürliches Bestreben unserer Persönlichkeit? Es könnte sein: es gibt eine Situation, wo dieser Fall eintreten könnte: dann nämlich, wenn dieser Jemand mein Feind ist. Für einen Anarchisten ist selbstverständlich der ein Feind, der die gesellschaftlichen Fiktionen und deren Tyrannei vertritt, und sonst niemand, weil alle anderen Menschen wie er sind, nämlich natürliche Genossen. Sie sehen selbst, daß die Art von Tyrannei, die in unseren Reihen entstanden war, anderer Art war; sie richtete sich gegen unseresgleichen, gegen Genossen von Natur aus und obendrein gegen Menschen, die in einem doppelten Sinn unsere Genossen waren, insofern sie dasselbe Ideal teilten. Daraus ziehe ich den Schluß: wenn unsere Tyrannei nicht das Ergebnis von gesellschaftlichen Fiktionen war, so war sie ebensowenig das Ergebnis natürlicher Eigenschaften; sie war das Ergebnis einer verirrten Anwendung, einer Pervertierung der natürlichen Eigenschaften. Nur, wie konnte es zu dieser Pervertierung kommen?

Sie mußte von einem der zwei folgenden Sachverhalte herrühren: entweder daher, daß der Mensch von Natur aus schlecht ist, dann wären auch alle natürlichen Eigenschaften *von Natur aus pervertiert*, oder von einer Pervertierung, die das Ergebnis andauernden Verweilens der Menschheit in einer Welt gesellschaftlicher Fiktionen ist, Fiktionen, die alle nur zur Tyrannei führen konnten und so tendenziell und unwillkürlich den allernatürlichsten Gebrauch der allernatürlichsten Eigenschaften tyrannisch werden ließen. Und welche von den zwei Hypothesen kommt der Wahrheit am nächsten? Unmöglich, darauf befriedigend, d.h. streng logisch und wissenschaftlich zu antworten. Überlegungen führen bei einem solchen Problem nicht sehr weit, weil es sich um ein historisches, ein wissenschaftliches Problem handelt, also vom Verständnis bestimmter *Fakten* abhängt. Die Wissenschaft ihrerseits hilft uns auch nicht viel weiter, denn wie weit wir uns auch in die Geschichte zurückbegeben, wir stoßen immer wieder auf Menschen, die in irgendeinem System gesellschaftlicher Tyrannei leben mußten, folglich stoßen wir immer wieder auf Phasen, die uns nicht gestatten zu überprüfen, wie je ein Mensch unter reinen und ganz und gar natürlichen Bedingungen gelebt hat. Wenn wir aber nicht die Möglichkeit haben, etwas mit Gewißheit zu ermitteln, sollten wir uns an die größere Wahrscheinlichkeit halten. Und die größere Wahrscheinlichkeit spricht für die zweite Hypothese. Es ist natürlicher, davon auszugehen, daß das äußerst lange Verweilen der Menschheit in den gesellschaftlichen, Tyrannei verursachenden Fiktionen bewirkt hat, daß jeder Mensch schon mit pervertierten natürlichen Eigenschaften zur Welt kommt, so daß er spontan zum Tyrannisieren neigt, auch wenn er behauptet, kein Tyrann zu sein –, als vielmehr davon auszugehen, natürliche Eigenschaften könnten von Natur aus pervertiert sein, was in gewisser Hinsicht einen Widerspruch darstellt. Deshalb sollte sich jemand, der denkt, mit fast absoluter Sicherheit für die zweite Hypothese entscheiden; ich habe es getan.

Gehen wir doch davon aus, daß eines augenscheinlich ist: Im gegenwärtigen gesellschaftlichen Zustand ist es nicht denkbar, daß Menschen – wie wohlwollend ihre Absichten auch sein mögen, wie sehr sie sich auch ganz allein dem Kampf gegen die gesellschaftlichen Fiktionen und für die Freiheit hingeben mögen – sich zusammenschließen, ohne daß spontan eine Tyrannei entsteht, eine neuartige Tyrannei, zusätzlich zu der durch die gesellschaftlichen Fiktionen verursachten, ohne daß in der Praxis all das zerstört würde, was in der Theorie angestrebt wird, ohne daß unwillkürlich die eigenen Bestrebungen, die es zu fördern gälte, maximal behindert würden. Also was tun? ... Ganz einfach ... Am selben Ziel weiterarbeiten, *aber getrennt.*«

»Getrennt?«

»Natürlich, können Sie meinem Argument nicht folgen?«

»Doch, doch!«

»Finden Sie meine Schlußfolgerung denn nicht schlüssig? Sie ist doch unabweisbar!«

»Doch, doch! Nur sehe ich nicht, wie Sie ...«

»Das werde ich gleich erklären... Ich sagte Ihnen schon: am selben Ziel weiterarbeiten, aber getrennt. Wenn alle dasselbe anarchistische Ziel ansteuern, trägt jeder auf seine Weise mit seinem Bemühen zur Vernichtung der gesellschaftlichen Fiktionen und zur Errichtung einer zukünftigen, freien Gesellschaft bei; und getrennt laufen wir *in keiner Weise* Gefahr, eine weitere Tyrannei zu schaffen, da ja niemand über den anderen verfügt, folglich kann auch niemand den anderen beherrschen und ihm die Freiheit beschränken, kann ihm nicht helfen und ihn besänftigen.

Mit einer solchermaßen getrennten Arbeit am selben anarchistischen Ziel sind zwei Vorteile gegeben – die Kräfte sind vereint, eine weitere Tyrannei wird verhindert. Wir sind weiterhin vereint, weil wir moralisch miteinander verbunden sind und in der gleichen Weise am selben Ziel arbeiten; wir sind weiterhin Anarchisten, weil ein jeder von uns für eine freie Gesellschaft kämpft; wir sind aber nicht mehr – willentlich oder unwillentlich – Verräter an der eigenen Sache, ja wir könnten gar nicht mehr zu Verrätern werden, weil wir uns im Rahmen der vereinzelten anarchistischen Tätigkeit außerhalb des schädlichen Einflusses der gesellschaftlichen Fiktionen bewegen, sozusagen im ererbten Widerschein der naturgegebenen Eigenschaften.

Selbstverständlich kann eine solche Taktik nur auf eine Periode angewandt werden, die ich als die *Periode der Vorbereitung* auf die gesellschaftliche Revolution bezeichnet habe. Ist die bürgerliche Abwehr erst einmal zerbrochen und die gesamte Gesellschaft in einem Zustand, in dem sie die anarchistische Lehre nur noch hinnehmen kann, wenn also nur noch die gesellschaftliche Revolution zu machen bleibt, dann, beim letzten Streich, kann man nicht mehr getrennt handeln. Doch dann besteht ja auch schon virtuell die freie Gesellschaft, die Dinge sehen dann schon anders aus. Die Taktik, auf die ich anspiele, bezieht sich allein auf anarchistisches Handeln in einer bürgerlichen Gesellschaft, mit der es meine Gruppe ja zu tun hatte.

Damit war also – endlich! – die wahre anarchistische Methode gefunden. Gemeinsam waren wir nichts wert, obendrein tyrannisierten wir uns, behinderten uns und unsere Theorien. Getrennt erreichten wir zwar wenig, doch immerhin behinderten wir uns nicht und schufen auch keine neue Tyrannei; und was wir erreichten, mochte wenig sein, aber es war erreicht ohne Nachteil und Verlust. Und in dem Maß, wie wir getrennt arbeiteten, lernten wir auch, in uns selbst mehr Vertrauen zu setzen, uns nicht gegenseitig zu behindern, lernten, freier zu werden und uns selbst sowie – dank unseres Beispiels – die anderen auf die Zukunft vorzubereiten.

Ich war hocherfreut über diese Entdeckung. Sofort lief ich zu meinen Genossen, um sie ihnen zu erklären. Das war eines der wenigen Male in meinem Leben, wo ich mich wirklich dumm benommen habe. Stellen Sie sich vor, ich war so stolz auf meine Entdeckung, daß ich annahm, sie würden mir zustimmen.«

»Natürlich stimmten sie nicht zu ...«

»Sie haben widersprochen, sie haben alle widersprochen, mein Lieber! Die einen mehr, die anderen weniger, doch alle protestierten! ... Das konnte nicht wahr sein! ... Das durfte nicht wahr sein! ... Niemand aber konnte sagen, was wahr wäre oder wahr sein sollte. Ich argumentierte und argumentierte, und als Antwort auf meine Argumente bekam ich nur Phrasen zu hören, Mist, Dinge wie sie Minister in der Abgeordnetenkammer vorbringen, wenn sie nichts zu sagen haben... Da sah ich, von welchen Hornochsen und Feiglingen ich umgeben war! Sie zeigten ihr wahres Gesicht. Dieses Pack war zum Sklavendasein geboren. Sie wollten auf Kosten anderer Anarchisten sein. Sie wollten Freiheit, sofern andere sie für sie besorgten, sofern sie ihnen verliehen würde, wie ein König einen Titel verleiht! Fast alle sind so! Mächtige Lakaien!«

»Sie haben sich wohl geärgert?«

»Und ob ich mich geärgert habe! Ich wurde wütend, ich rebellierte, ich stampfte mit den Füßen auf. Fast wäre ich mit einigen aneinandergeraten. Schließlich habe ich mich von ihnen getrennt. Ich zog mich zurück. Sie können sich gar nicht vorstellen, wie sehr mich diese Hammelherde anwiderte. Fast hätte ich dem Anarchismus entsagt. Ich war drauf und dran, mich um all das nicht mehr zu kümmern. Nach ein paar Tagen kam ich wieder zu mir. Ich ging davon aus, daß das anarchistische Ideal weit über diesem Gezänk stand. Wenn sie keine Anarchisten sein wollten, ich würde einer sein. Wenn sie nur auf Anarchismus machten, ich würde es nicht nur beim Spiel belassen. Wenn sie nur kämpfen konnten, indem sie aneinanderklebten und die Tyrannei nachahmten, die sie zu bekämpfen vorgaben, sollten diese Esel dabei bleiben, zu etwas anderem taugten sie ja nicht. Ich jedenfalls würde wegen solch einer Nichtigkeit nicht zum Bourgeois.

Im wahren Anarchismus muß sich jeder mit seinen Kräften für die Freiheit einsetzen und die gesellschaftlichen Fiktionen bekämpfen, das stand fest. Ich würde mich also mit meinen Kräften für die Freiheit einsetzen und die gesellschaftlichen Fiktionen bekämpfen. Auch wenn niemand bereit war, mir auf dem wahren anarchistischen Pfad zu folgen. Ich würde also allein gegen die gesellschaftlichen Fiktionen vorgehen, mit meinen Mitteln, mit meinem Glauben, sogar ohne den geistigen Beistand derer, die einmal meine Genossen waren. Ich will nicht behaupten, daß es sich dabei um eine edle Geste handelte, nicht einmal um eine heroische. Es war nur eine natürliche Geste. Wenn der Weg jeweils getrennt verfolgt werden mußte, so hatte ich niemanden nötig. Mir genügte mein Ideal. Angesichts dieser Grundsätze und Umstände beschloß ich also, die gesellschaftlichen Fiktionen allein zu bekämpfen.«

*Er unterbrach für kurze Zeit seinen Redefluß, der sehr lebhaft geworden war; dann fuhr er mit ruhiger Stimme fort.*

Zwischen mir und den gesellschaftlichen Fiktionen, so dachte ich, herrscht Kriegszustand. Na schön! Was kann ich gegen diese gesellschaftlichen Fiktionen ausrichten? Ich gehe allein vor, um nur ja keine Tyrannei aufkommen zu lassen. Welchen Beitrag kann ich also allein zur Vorbereitung der gesellschaftlichen Revolution leisten, zur Vorbereitung der Menschheit auf eine freie Gesellschaft? Ich muß mich für eine von zwei Methoden entscheiden, für eine von den beiden, die es gibt, es sei denn, ich könnte von beiden Gebrauch machen. Die beiden Methoden sind die indirekte Aktion, d. h. Aufklärungsarbeit, und die wie auch immer beschaffene direkte Aktion.

Ich dachte zunächst an die indirekte Aktion, also an Aufklärungsarbeit. Doch welche Aufklärungsarbeit hätte ich ganz allein leisten können, sieht man einmal von der Aufklärung ab, die darin besteht, bei der erstbesten Gelegenheit mit diesem oder jenem aufs Geratewohl zu reden. Mir ging es aber darum zu wissen, ob die indirekte Aktion der Weg wäre, den ich einzuschlagen hätte, um als Anarchist wirkungsvoll zu sein, d. h. um zu spürbaren Ergebnissen zu gelangen. Ich sah aber bald, daß er es nicht war. Ich bin kein Redner und ich bin kein Schriftsteller. Na ja, ich würde sagen: wenn es sein muß, kann ich in der Öffentlichkeit reden und kann ich auch einen Zeitungsartikel schreiben. Doch wollte ich prüfen, ob mein naturgegebener Charakter mir nahelegte, mich eher im Rahmen der indirekten Aktion auf das eine oder andere oder auch auf beides zu spezialisieren, um so zu *handfesteren Ergebnissen* im Sinne der anarchistischen Idee zu kommen, statt meine Kräfte in einer anderen Richtung auszubilden. Nun bringt aber eine Aktion immer mehr ein als Aufklärungsarbeit, außer bei Menschen, deren Charakter sie zu Aufklärern bestimmt – große Redner, fähig die Massen zu begeistern und mitzureißen, oder große Schriftsteller, die mit ihren Büchern zu faszinieren und zu überzeugen verstehen. Ich glaube nicht, daß ich besonders eitel bin, und wenn doch, so weist jedenfalls nichts darauf hin, daß ich mir etwas auf Eigenschaften einbilde, die ich nicht habe. Und, wie ich Ihnen schon sagte, nichts legt mir nahe, mich als Redner oder Schriftsteller zu betrachten. Darum ließ ich den Gedanken an die indirekte Aktion fallen, für mich war sie nicht der geeignete Weg anarchistischen Handelns. So kam ich auf dem Ausschlußweg dazu, die direkte Aktion zu wählen, meine Kräfte also auf das praktische Leben, das reale Leben zu verwenden. Nicht Intelligenz war gefragt, sondern Aktion. Na schön! Dann sollte es so sein.

Es galt jetzt, die fundamentale Methode anarchistischen Handelns, über die ich Sie schon aufgeklärt habe, auf das praktische Leben anzuwenden, also: die gesellschaftlichen Fiktionen zu bekämpfen, ohne erneut Tyrannei zu schaffen, wenn möglich aber auch etwas zu schaffen, das die zukünftige Freiheit vorausnahm. Wie zum Teufel war so etwas in der Praxis möglich?

Was heißt nun aber: in der Praxis kämpfen? In der Praxis kämpfen bedeutet Krieg, *einen* Krieg zumindest. Und wie führt man Krieg gegen gesellschaftliche Fiktionen? Vor allem aber: wie wird überhaupt Krieg geführt? Wie besiegt man den Gegner in einem Krieg? Auf eine der beiden Weisen: entweder tötet man ihn, d. h. man vernichtet ihn, oder man nimmt ihn gefangen, d. h. man bezwingt ihn und verdammt ihn zur Tatenlosigkeit. Die gesellschaftlichen Fiktionen zu *vernichten,* war ich nicht in der Lage; *vernichten* könnte die gesellschaftlichen Fiktionen nur eine gesellschaftliche Revolution. Bis dahin konnten sie zwar so geschwächt werden, daß sie nur noch an einem seidenen Faden hingen; doch *vernichtet* würden sie erst mit der Heraufkunft der freien Gesellschaft und dem praktischen Fall der bürgerlichen Gesellschaft. Allerhöchstens hätte ich unter diesem Gesichtspunkt das eine oder andere Mitglied jener Klassen vernichten können, aus denen die Repräsentanten der bürgerlichen Gesellschaft stammen, und zwar vernichten im physischen Sinne von töten. Ich überdachte den Fall und sah ein; es war Blödsinn. Nehmen Sie einmal an, ich tötete ein, zwei oder ein Dutzend Vertreter der Tyrannei gesellschaftlicher Fiktionen ... Und das Ergebnis? Gingen die gesellschaftlichen Fiktionen geschwächt daraus hervor? Nein. Gesellschaftliche Fiktionen haben ja nichts mit einer politischen Situation gemein, die von einer geringen Anzahl von Menschen oder manchmal auch nur von einer einzigen Person abhängt. Das Schlechte an den gesellschaftlichen Fiktionen sind sie selber in ihrer Gesamtheit, nicht aber Individuen, die sie vertreten, abgesehen davon daß sie sie vertreten. Außerdem erzeugt ein Attentat gesellschaftlicher Natur immer eine Reaktion. Es bleibt nicht nur alles beim alten, es steht hinterher manchmal noch schlechter. Und jetzt stellen Sie sich einmal vor, ich würde obendrein beim Attentat erwischt, was denkbar wäre, ich würde erwischt und auf die eine oder andere Weise ausgeschaltet. Und stellen Sie sich vor, ich hätte ein Dutzend Kapitalisten umgelegt. Was wäre bei all dem schließlich herausgekommen? Mit der Ausschaltung meiner Person, auch wenn ich nicht tot, sondern lediglich in Gefangenschaft oder in die Verbannung geraten wäre, verlöre die anarchistische Sache ein kämpferisches Element; die zwölf Kapitalisten dagegen, die ich zur Strecke gebracht hätte, wären ihrerseits nicht zwölf Elemente, die die bürgerliche Gesellschaft verloren hätte, weil die Elemente, aus denen sich eine bürgerliche Gesellschaft zusammensetzt, keine kämpferischen Elcmente sind, sondern rein passive Elemente; denn der »Kampf« geht ja nicht von den Mitgliedern der bürgerlichen Gesellschaft aus, sondern von der Gesamtheit der gesellschaftlichen Fiktionen, auf denen diese Gesellschaft beruht. Nun sind aber die gesellschaftlichen Fiktionen keine Leute, auf die man Schüsse abgeben könnte ... Verstehen Sie mich? Ich war ja kein Soldat, der zwölf Soldaten des gegnerischen Heeres umgebracht hätte; ich wäre ein Soldat gewesen, der zwölf Zivilpersonen der Nation des anderen Heeres umgebracht hätte. Und das wäre nichts als dummes Abschlachten gewesen, weil damit kein Kämpfer beseitigt worden wäre ... Folglich konnte ich nicht daran denken, die gesellschaftlichen Fiktionen ganz oder zum Teil zu *vernichten*. So mußte ich sie also bezwingen, mußte sie, indem ich sie bezwang, besiegen und zur Wirkungslosigkeit verdammen.«

*Plötzlich richtete er den rechten Zeigefinger auf mich.*

»Und genau das habe ich getan!«

*Er zog seine Hand zurück und fuhr fort.*

»Ich wollte wissen, welches die größte, die gewichtigste gesellschaftliche Fiktion wäre. An dieser wollte ich mich mehr als an irgendeiner anderen versuchen, wollte sie bezwingen und zur Wirkungslosigkeit verdammen. Die gewichtigste Fiktion in unserer Zeit ist nun einmal das Geld. Wie aber das Geld bezwingen oder – genauer gesagt – wie die Macht bzw. die Tyrannei des Geldes bezwingen? Indem ich mich von seinem Einfluß, seiner Macht befreien würde, seinen Einfluß also besiegen und es, jedenfalls auf meine Person bezogen, zur Wirkungslosigkeit verdammen würde. Auf *meine* Person bezogen, verstehen Sie? Weil *ich* es war, der es bekämpfte; hätte ich es zur Wirkungslosigkeit in Hinblick auf alle anderen verdammt, hätte ich es nicht nur bezwungen, sondern schon *vernichtet*, denn ich hätte dann ja mit der Fiktion Geld überhaupt Schluß gemacht. Nun habe ich Ihnen aber schon nachgewiesen, daß eine gesellschaftliche Fiktion nur durch eine gesellschaftliche Revolution »vernichtet« werden könnte, in deren Verlauf diese Fiktion mitsamt den anderen in den Sog der einstürzenden bürgerlichen Gesellschaft geraten würde.

Wie sollte ich nun die Macht des Geldes besiegen? Die einfachste Methode wäre gewesen, mich aus seiner Einflußsphäre, das heißt, aus der Zivilisation zurückzuziehen; ich hätte aufs Land gehen können, Wurzeln essen und Wasser aus den Quellen trinken, nackt herumlaufen, wie ein Tier leben können. Doch selbst wenn mir das keine Schwierigkeiten bereitet hätte, hätte ich damit keine gesellschaftliche Fiktion bekämpft; ich hätte überhaupt nicht gekämpft, ich wäre geflohen. Natürlich: wer sich vor einer Schlacht drückt, kann in ihr nicht geschlagen werden. Doch moralisch ist er geschlagen, weil er nicht gekämpft hat. Ich mußte also anders vorgehen, – was ich brauchte, war eine Kampf- und keine Fluchtmethode. Wie das Geld bekämpfen und es dabei noch bezwingen? Wie sich seinem Einfluß und seiner Tyrannei entziehen, ohne ihm aus dem Weg zu gehen? Die einzige Methode war – *es zu erwerben*, es in so großer Menge zu erwerben, daß sein Einfluß nicht mehr spürbar werden konnte; und je größer die erworbene Menge wäre, desto freier würde ich von seinem Einfluß. Als mir das mit der ganzen Kraft meiner anarchistischen Überzeugung und der Logik meines Scharfsinns vor Augen stand, trat ich, lieber Freund, in die jetzige Phase – in die Kommerz- und Bankphase meines Anarchismus ein.«

*Er schwieg einen Augenblick und suchte der Erregung Herr zu werden, in die ihn die Begeisterung für seine Darlegungen hatte zunehmend geraten lassen. Dann fuhr er, immer noch lebhaft, in seiner Erzählung fort.*

»Erinnern Sie sich jetzt bitte: ich hatte Ihnen von den zwei logischen Schwierigkeiten erzählt, die sich mir zu Beginn meiner Karriere als bewußten Anarchisten in den Weg gestellt hatten... Und erinnern Sie sich auch, daß ich Ihnen sagte, ich hätte sie zu jenem Zeitpunkt künstlich, nämlich gefühlsmäßig und nicht logisch gelöst!

Sie selbst hatten ja ganz zu Recht angemerkt, ich hätte sie nicht logisch gelöst ...«

»Jawohl, ich erinnere mich.«

»Und erinnern Sie sich auch, daß ich Ihnen sagte, ich habe sie später, nachdem ich die wahre anarchistische Methode endlich herausgefunden hatte, mit einem Schlag gelöst, und zwar logisch?«

»Ja.«

»Passen Sie auf, das geschah so! ... Die Schwierigkeiten waren damals folgende: es sei nicht *natürlich*, für etwas zu arbeiten, was es auch sei, ohne dafür eine *natürliche*, d. h. eine eigennützige Entschädigung zu erhalten; und es ist *natürlich*, seine Kräfte für irgendein Ziel zu verausgaben, ohne als Entschädigung dafür zu wissen, *daß dieses Ziel erreichbar ist.* Soweit die beiden Schwierigkeiten; jetzt schauen Sie einmal, wie ich sie mit Hilfe einer anarchistischen Arbeitsmethode gelöst habe, auf die mich meine Überlegungen gebracht hatten und die ich als die einzig wahre erkannt habe ... Die Methode führt zu meiner Bereicherung, folglich zu einer *eigennützigen Entschädigung*. Die Methode zielt darauf ab, Freiheit zu erringen; in dem Maße nun, wie ich die Macht des Geldes besiege, d. h. mich von ihm befreie, *erringe ich Freiheit.* Selbstverständlich erringe ich diese Freiheit nur für mich; doch wie ich schon nachgewiesen habe, kann Freiheit für alle nur durch Vernichtung der gesellschaftlichen Fiktionen erreicht werden, durch eine gesellschaftliche Revolution, und ich allein kann keine gesellschaftliche Revolution machen. Lassen Sie es mich konkret sagen: ich ziele auf Freiheit ab und erringe Freiheit; ich erringe die Freiheit, die ich erringen kann, denn ich kann ja nicht erringen, was ich nicht erringen kann ... Und schauen Sie: einmal abgesehen von den Überlegungen, die diese anarchistische Methode als die einzig wahre festsetzen, Tatsache ist, daß sie automatisch die logischen Schwierigkeiten löste, die sich einem anarchistischen Vorgehen in den Weg stellen konnten, und das beweist noch mehr, daß sie die richtige ist.

Also verfolgte ich diese Methode. Ich machte mich daran, die Fiktion Geld zu bezwingen, indem ich mich bereicherte. Und ich schaffte es. Es brauchte eine gewisse Zeit, weil der Kampf hart war, aber ich schaffte es. Ich verschone Sie mit einem Bericht über mein vergangenes und gegenwärtiges Leben im Handel und im Bankgeschäft. Er könnte zwar interessant sein, ich denke da an bestimmte Punkte, aber er tut nichts zur Sache. Ich habe gearbeitet, gekämpft, Geld gewonnen, habe noch mehr gearbeitet, habe noch mehr gekämpft, noch mehr Geld gewonnen; ich gewann schließlich viel Geld. In den Methoden war ich nicht wählerisch – ich gestehe ganz offen, mein Lieber, daß ich in den Methoden nicht wählerisch war, ich habe mich aller Mittel bedient, – wucherischen Aufkaufs, finanzieller Tricks, selbst unlauterer Konkurrenz. Ja und? Ich bekämpfte schließlich die gesellschaftlichen, unmoralischen und par excellence unnatürlichen Fiktionen, und da sollte ich auf die Methoden achten? Ich arbeitete für Freiheit, und da sollte ich auf die Waffen achten, mit denen ich die Tyrannei bekämpfte?! Der dumme Anarchist, der Bomben wirft und Schüsse abgibt, weiß genau, daß er tötet, und weiß ebensogut, daß seine Lehre die Todesstrafe ausschließt. Etwas Unmoralisches greift er mit einem Verbrechen an, weil er meint, daß die Vernichtung des Unmoralischen ein Verbrechen wert ist. Eine idiotische Methode, weil die Methode selbst, wie ich gezeigt habe, irrig ist und das Gegenteil von dem bewirkt, *was anarchistisches*

*Vorgehen* bezweckt; moralisch gesehen, mag sie intelligent sein. Ich hatte eine sichere Methode und als Anarchist bediente ich mich rechtmäßig aller Mittel, um mich zu bereichern. Heute habe ich den genau umschriebenen Traum eines praktischen und verständigen Anarchisten verwirklicht. Ich bin frei. Ich mache, natürlich nur im Rahmen des Möglichen, das, was ich will. Meine Devise als Anarchist war die Freiheit; gut, jetzt habe ich Freiheit, die Freiheit, die man vorderhand in unserer unvollkommenen Gesellschaft haben kann. Ich wollte die gesellschaftlichen Fiktionen bekämpfen und ich habe sie bekämpft, mehr noch, ich habe sie besiegt.«

»Halt, halt! Warten Sie! Das ist alles gut und schön, aber etwas ist Ihnen entgangen. Ausgangspunkt für Ihr Vorgehen war, wie Sie selbst gesagt haben, nicht nur Freiheit zu schaffen, sondern auch *Tyrannei zu vermeiden*. Nun haben Sie aber Tyrannei geschaffen. Sie als Wucherer, als Bankier, als skrupelloser Finanzmann – entschuldigen Sie, aber das sind Sie doch –, Sie haben Tyrannei geschaffen. Sie haben genausoviel Tyrannei geschaffen wie irgendein Vertreter gesellschaftlicher Fiktionen, den Sie zu bekämpfen vorgaben.«

»Nein, nein, mein Guter, da täuschen Sie sich. Ich habe keine Tyrannei geschaffen. Die Tyrannei, die vielleicht aus meiner kämpferischen Aktion gegen die gesellschaftlichen Fiktionen hervorgegangen ist, ist nicht von mir ausgegangen; ich habe sie also nicht geschaffen; *sie steckt ja in den gesellschaftlichen Fiktionen selbst*, und ich habe ihnen nichts hinzugefügt. Bei jener Tyrannei handelt es sich ja um *die Tyrannei der gesellschaftlichen Fiktionen als solchen*; und ich konnte doch nicht und wollte auch nicht die gesellschaftlichen Fiktionen *vernichten*. Ich wiederhole zum hundertsten Male: nur eine gesellschaftliche Revolution könnte die gesellschaftlichen Fiktionen *vernichten*; vorher aber kann eine perfekte anarchistische Aktion wie die meine die gesellschaftlichen Fiktionen höchstens *bezwingen*, und bezwingen auch nur in dem Maße, wie ein Anarchist diese Methode in die Praxis umsetzt, denn diese Methode erlaubt nicht die Unterwerfung der Fiktionen im größeren Rahmen. Es geht nicht darum, keine Tyrannei zu schaffen, sondern darum, keine *zusätzliche Tyrannei* zu schaffen, *da wo vorher keine war*. Die Anarchisten, die gemeinsam arbeiten und sich gegenseitig beeinflussen, schaffen, wie ich Ihnen schon gesagt habe, *unter sich*, jenseits und außerhalb der gesellschaftlichen Fiktionen, Tyrannei; *das* verstehe ich unter zusätzlicher Tyrannei; und so etwas habe ich nicht geschaffen. Ich konnte sie gar nicht ins Leben rufen *aufgrund der Ausgangsbedingungen meiner Methode*. Nein, mein Lieber, ich habe Freiheit geschaffen. Ich habe *jemanden* befreit. Mich habe ich befreit. Weil meine Methode, die ja, wie ich nachgewiesen habe, die einzig wahre anarchistische Methode ist, mir nicht gestattete, auch andere zu befreien. Wen ich befreien konnte, habe ich befreit.«

»Schon gut... einverstanden... Aber schauen Sie, bei solchen Argumenten könnte man ja fast zu der Ansicht neigen, überhaupt kein Vertreter gesellschaftlicher Fiktionen übe Tyrannei aus.«

»Stimmt auch! Die Tyrannei kommt von den Fiktionen und nicht von den Menschen, die sie verkörpern; sie sind sozusagen *das Werkzeug*, dessen sich die Fiktionen bedienen um zu tyrannisieren, so wie ein Messer das Werkzeug sein kann, dessen sich ein Mörder bedient. Und Sie werden doch nicht annehmen, daß man die Mörder abschafft, indem man die Messer abschafft.

Schauen Sie ... Sie können *alle* Kapitalisten der Welt vernichten, doch *vernichten Sie damit das Kapital*? Am nächsten Tag wird das Kapital in den Händen anderer liegen und mittels *ihrer* weiterhin seine Tyrannei ausüben. Vernichten Sie nicht die Kapitalisten, sondern das Kapital; wieviel Kapitalisten bleiben dann noch übrig? ... Na?«

»Ja, da haben Sie recht.«

»Höchstens, aber auch allerhöchstens könnte man mir vorwerfen, die Tyrannei der gesellschaftlichen Fiktionen ein kleines bißchen – aber nur ein ganz kleines bißchen – vergrößert zu haben. Doch das Argument ist absurd, weil, wie ich Ihnen schon sagte, die Tyrannei, die ich nicht erschaffen durfte und die ich nicht geschaffen habe, ganz anders aussieht. Es gibt noch einen weiteren schwachen Punkt: Sie könnten aus derselben Überlegung heraus einem General, der für sein Land eine Schlacht führt, vorwerfen, er füge seinem Land Schaden zu, weil er eine gewisse Anzahl von Männern *aus seinem eigenen Heer* opfert, um zu siegen. Wer in den Krieg zieht, muß geben um zu nehmen. Siegen ist die Hauptsache, der Rest ...«

»Schön und gut ... Aber sehen Sie mal, da ist noch etwas anderes ... Der wahre Anarchist will ja Freiheit nicht nur für sich, sondern auch für die anderen ... Mir scheint, er will Freiheit für die gesamte Menschheit ...«

»Zweifelsohne. Doch ich habe Ihnen ja schon gesagt, bei der Methode, die sich für mich als die einzige anarchistische Methode herausstellte, muß sich jeder selbst befreien. Ich habe mich befreit; ich habe meine Pflicht getan, für mich und für die Freiheit. Warum also tun die anderen, meine Genossen, nicht dasselbe? Ich hindere sie ja nicht daran. Das wäre allerdings ein Verbrechen gewesen, wenn ich sie daran gehindert hätte. Ich habe sie nicht einmal in dem Sinne behindert, daß ich ihnen die wahre anarchistische Methode verheimlicht hätte, ich habe ihnen die Methode, nachdem ich sie herausgefunden hatte, klar mitgeteilt. Dieselbe Methode aber hinderte mich, mehr zu tun. Was hätte ich denn noch tun können? Hätte ich sie zwingen sollen, ihren Weg zu gehen? Selbst wenn ich es gekonnt hätte, ich hätte es nicht getan, denn ich hätte ihnen ja damit die Freiheit genommen, und das geht gegen meine anarchistischen Grundsätze. Hätte ich ihnen helfen sollen? Auch das hätte sich aus demselben Grunde verboten. Ich habe nie geholfen und helfe niemandem, denn das liefe darauf hinaus, die Freiheit des anderen zu beschneiden, und auch das geht gegen meine Grundsätze. Sie tadeln an mir, daß ich nicht mehr als nur eine Person bin. Wollen Sie mich dafür tadeln, daß ich meiner Pflicht gegenüber der Freiheit so weit wie möglich nachgekommen bin? Warum tadeln Sie nicht jene, die die ihre nicht erfüllt haben?«

»Nun ja! Natürlich können diese Menschen das, was Sie getan haben, nicht tun; sie sind einfach nicht so intelligent wie Sie, weniger willensstark oder ...«

»Ach, mein Freund: das sind eben die natürlichen Ungleichheiten, aber keine gesellschaftlichen ... Gegen sie kann der Anarchismus nicht an. Der Grad an Intelligenz oder an Willensstärke, den jemand hat, ist etwas, das ihn und die Natur angeht, die gesellschaftlichen Fiktionen mischen sich da nicht ein. Wie ich Ihnen schon sagte, es gibt natürliche Eigenschaften, bei denen man annehmen darf, daß sie aufgrund des langen Verweilens der Menschheit in gesellschaftlichen Fiktionen pervertiert wurden; doch liegt die Perversion nicht im

*Ausmaß* einer Eigenschaft – diese ist ausschließlich naturgegeben –, sondern in der *Anwendung* dieser Eigenschaft. Nun haben aber Dummheit oder mangelnder Wille nichts mit der Anwendung solcher Eigenschaften zu tun, sondern lediglich mit ihrem Ausmaß. Lassen Sie es sich gesagt sein: es handelt sich da um absolut natürliche Ungleichheiten, und gegen die kann niemand an, keine gesellschaftliche Veränderung vermöchte da etwas zu tun, so wie Sie mich nicht größer, ich Sie nicht kleiner machen kann ...

Mag sein ... mag sein, daß bei diesen Typen die ererbte Pervertierung der natürlichen Eigenschaften so weit geht, daß sie bis zum Wesen des Temperaments vorstößt ... daß also ein Typ zum Sklaven geboren wird, ganz natürlich zum Sklaven geboren wird, also nicht die geringste Kraft aufwenden kann, um sich zu befreien ... Dann aber ... was haben die dann aber mit einer freien Gesellschaft, mit Freiheit überhaupt zu tun? ... Wenn jemand zum Sklaven geboren wird, so wäre die Freiheit das Gegenteil seiner Anlage, sie wäre für ihn Tyrannei.«

*Es gab eine kleine Pause. Plötzlich mußte ich lachen.*

»Wirklich, Sie sind Anarchist, sagte ich. Jedenfalls bringen Sie einen zum Lachen; wenn man sie so hört und dann mit den übrigen Anarchisten vergleicht ...«

»Mein lieber Freund, ich sagte Ihnen ja schon, ich habe es Ihnen nachgewiesen und ich wiederhole noch einmal ... Der einzige Unterschied ist der: die da sind nur in der Theorie Anarchisten, ich bin es in der Theorie und in der Praxis; die da sind mystische Anarchisten, ich bin ein wissenschaftlicher Anarchist; die da sind Anarchisten, die sich ducken, ich bin ein Anarchist, der kämpft und befreit ... Mit einem Wort: das da sind Pseudoanarchisten, ich aber bin Anarchist.«

*Daraufhin erhoben wir uns von der Tafel.*

REINOLD WERNER

# *Die Gleichgültigkeit der Gegensätze*
# *Über Fernando Pessoa*

*Portrait Pessoas von Jose Almada Negreiros, entstanden 1935 am Tag von Pessoas Begräbnis*

*Fernando Pessoa*
*Zeichnung von Pomar*
*(Fondaçao Calouste Gulbenkian,*
*Centro de Arte Moderna)*

»O Fernando Pessoa sente as cousas
mas nao se mexe, nem mesmo por dentro.«
– »Fernando Pessoa empfindet die Dinge,
aber nichts rührt sich, nicht einmal innerlich.«
(ALVARO DE CAMPOS = FERNANDO PESSOA)

Als hätte der Name eine Botschaft bedeutet: »Pessoa«, Person, Mensch –, als hätte der Name auf ein Programm verpflichtet: nichts zu sein als die Abstraktion Mensch, ein beliebiges Exemplar der Gattung, – »uma pessoa«, irgendwer. Fernando Pessoa hat seinen Zeitgenossen ein Leben vorgeführt, in dem man vergeblich nach schillernden Attributen, nach großartigen, spektakulären Gesten suchen würde. Das Bild, das die Nachwelt von ihm jetzt seit mehr als fünfzig Jahren aufbewahrt, ist die Gestalt eines unscheinbaren, bebrillten Mannes, der in stets gleicher Aufmachung durch die Straßen der Lissaboner Unterstadt geht oder sich in einem der Cafés oder kleinen Speiselokale aufhält: immer derselbe, mit Hut, Mantel, Fliege oder Krawatte. Pierre Hourcade, der den Dichter noch persönlich in Lissabon kennenlernte und ihn in französischen Zeitschriften vorgestellt hat, sagte von ihm: »Wenn ich ihn verließ, habe ich mich nie nach ihm umgedreht: ich hatte allzu sehr Angst, er könnte verblassen, durchsichtig werden oder sich in die abendliche Luft auflösen.«

Rückblickend zeichnen sich im Leben Pessoas zwei Phasen ab: die erste umfaßt die Kindheit, zunächst in Portugal, dann in Südafrika, die definitive Rückkehr nach Lissabon (1905), die frühen literarischen Aktivitäten und ersten Veröffentlichungen bis hin zum Jahr 1914. In jenem Jahr präsentiert Pessoa den von ihm angekündigten Super-Camões in Gestalt seiner wichtigsten Heteronyme: Alberto Caeiro, Ricardo Reis und Alvaro de Campos (»Heteronyme« nannte Pessoa seine Pseudonyme, doch unterscheiden sich erstere von letzteren dadurch, daß Pessoa ihnen ein eigenes Leben zusprach, in das er sich selbst gelegentlich verirrte als sein eigenes Heteronym, ansonsten hob er sich von ihnen als »Orthonym« ab).

Fortan – die zweite Phase hat begonnen – ist dieser größte portugiesische Dichter des 20. Jahrhunderts die literarische Wirkungsstätte, in der sich Caeiro, Reis, de Campos und auch Bernardo Soares, jener Hilfsbuchhalter, der *Das Buch der Unruhe* geschrieben hat, einrichten; jeder auf seine Weise, mit dem ihm eigenen literarischen Profil und jeweils verschiedener ästhetischer Ausrichtung, wenn auch untereinander verbunden, physisch und metaphysisch in der Person Fernando Pessoas.

Doch in dem Maße wie sich Pessoa sozusagen in mehrere Dichtergestalten auseinanderfaltet, schrumpft die äußere Existenz zu dem nichtssagenden Wesen zusammen, als das ihn die Nachwelt, sieht sie von seinem Werk ab, in Erinnerung behält und auf das Pessoa sich selber mit Absicht reduzierte. Pessoa – »Person« – wurde in dem Maße zur Allperson, wie die eine Person in einen offenen Plural überging, und zwar in einen höchst dramatischen Plural – »drama em gente« nannte Pessoa seine Heteronymendichtung. Sein Kopf wurde das Theater, in dem das Stück »drama em gente« bis an sein Lebensende mit den immer identischen Hauptfiguren durchgespielt wurde – wobei »gente« im Portugiesischen nicht nur Leute meint, sondern auch die ganz neutralen Indefinitpronomen »man«, »jemand« . . .

Man kann das Phänomen der Heteronyme sicherlich klinisch untersuchen, wie es einige Lebensdeuter Pessoas versucht haben. Er selbst hatte sich nach dem 1. Weltkrieg brieflich an die französischen Psychiater Hector und Henri Durville gewandt, um Auskünfte über eine mögliche Weiterentwicklung seines, wie er es nannte, Personenmagnetismus zu erhalten. Und noch im Jahre seines Todes bekannte er in einem Brief an den Kritiker Adolfo Casais Monteiro: »Seit meiner Kindheit gab es bei mir die Tendenz, um mich herum eine fiktive Welt zu schaffen, mich mit Freunden und Bekanntschaften zu umgeben, die nie existiert haben (selbstverständlich weiß ich nicht, ob sie nie wirklich existiert haben oder ob ich es bin, der nicht existiert. In diesen Dingen wie überhaupt sollte man nicht dogmatisch sein). Seitdem ich mich als das kenne, was von mir ich genannt wird, erinnere ich mich, geistig die Gestalt, die Bewegungen, den Charakter und die Lebensgeschichte mehrerer unwirklicher Figuren entworfen zu haben, die für mich so sichtbar und die mir so vertraut waren wie jene Dinge, die dem angehören, was wir vielleicht verkehrterweise als das wirkliche Leben bezeichnen.«

Die erste Phase: Fernando António Nogueira Pessoa wird am 13. Juni 1888 in Lissabon geboren. Der Vater war Staatsbeamter im Justizministerium und in seiner Freizeit Musikkritiker. Die Vorfahren gehörten, so scheint es, zu jenen jüdischen Portugiesen, die zum Christentum konvertierten und dafür von der Inquisition verurteilt wurden. Der Vater stirbt, als Pessoa gerade fünf Jahre alt ist. Die Mutter, sie stammt von den Azoren, verheiratet sich zwei Jahre später wieder, und die Heirat mit dem portugiesischen Konsul in Durban, in der damaligen britischen Kapprovinz, leitet die ganz entscheidende englische Phase im Leben Pessoas ein: Mutter und Sohn verlassen den geschichts- und gedichtsträchtigen Hafen Lissabon, den der Dichter in seinem späteren Leben nur noch als Standort wahrnehmen wird, von dem aus der Blick in imaginäre Fernen und Unfernen schweift; sie verlassen Portugal und verbringen die nächsten neun Jahre, abgesehen von einem längeren Aufenthalt in Lissabon und den Azoren 1901/1902, in Südafrika.

Fernando Pessoa wächst zweisprachig auf, macht also eine der radikalsten Gegensatzerfahrungen des Menschen. Schon in den ersten Jahren in Lissabon war ein Heteronym entstanden, der »Chevalier de Pas« (1894), ein Gegenüber, mit dem der kleine Fernando Briefe austauschte. In Südafrika entstehen weitere Heteronyme (Alexander Search, Charles Robert Anon, H. M. F. Lecher), die später wieder verschwinden werden; immerhin läßt Pessoa noch nach seiner definitiven Rückkehr nach Lissabon z. B. eine Visitenkarte mit realer Adressenangabe und dem 1889 in Durban entstandenen Heteronym Alexander Search drucken. Viel ist aus der Zeit, die Pessoa in Südafrika verbracht hat, nicht bekannt; man weiß von Schulbesuchen (u. a. die »Commercial School of Durban«), man weiß von seiner Sprachbegabung auch im Englischen: 1903, also mit fünfzehn Jahren, erhält er den »Queen Victoria Memorial Prize«, der für ausgezeichneten Stil in der englischen Sprache vergeben wird. Über die ersten Leseerfahrungen urteilte Pessoa später: »Die erste literarische Nahrung meiner Kindheit bestand aus zahlreichen Romanen mit Geheimnissen und schrecklichen Abenteuern. Die für Jungen bestimmten Bücher, in denen spannungsvolle Abenteuer erzählt wurden, interessierten mich wenig. Das gesunde und natürliche Leben reizte mich nicht. Ich verspürte keinen Hang zum Wahrscheinlichen, eher zum Unglaublichen, zum Unmöglichen; nicht einmal zum teilweise Unmöglichen, sondern zum von Natur aus Unmöglichen.«

Der konstitutive Gegensatz: englisch-portugiesisch, der – als ein Gegensatz unter anderen – Pessoas späteres Leben und Schreiben prägen wird, bedeutet nicht nur die Koexistenz zweier Sprachen und die damit verbundene Spannung. Zwei erlebte Welten begegnen sich in dem jungen Pessoa: die viktorianische Welt des britischen Empire und ihr Niederschlag im Dominion der südafrikanischen Union, – aus dieser Welt prägt sich die Lektüre von Shakespeare, Milton, Byron, Shelley, Keats und E. A. Poe ein, alle kehren in der einen oder anderen Weise in seinen 1918 in englischer Sprache veröffentlichten *35 Sonnets* wieder, aus jener Zeit auch sein ausgeprägter Sinn für englischen Humor. Auf der anderen Seite die entfernte Nähe Portugals als verblassende lusitanische Metapher, die Pessoa wiederbeleben möchte.

Portugal ist um die Jahrhundertwende das Land einer von innen und außen erschütterten Monarchie, – die Braganças werden 1910 hinweggefegt zugunsten einer Republik, die sich nicht halten kann, – Land einer England zugewandten Bourgeoisie und eines erbärmlich dahinlebenden Landvolks aus Analphabeten (Pessoas Bemerkungen im »anarchistischen Bankier« über Rußland wären auch für sein Land gültig gewesen), – Land vergangener Größe, das den einstigen Ruhm in Schwermut und Wehmut, in der »Saudade«, wie eine Kostbarkeit aufhebt und pflegt. Diesem Land und seinem Geschick verschreibt sich der junge Pessoa nach seiner Rückkehr aus Afrika im Jahre 1905.

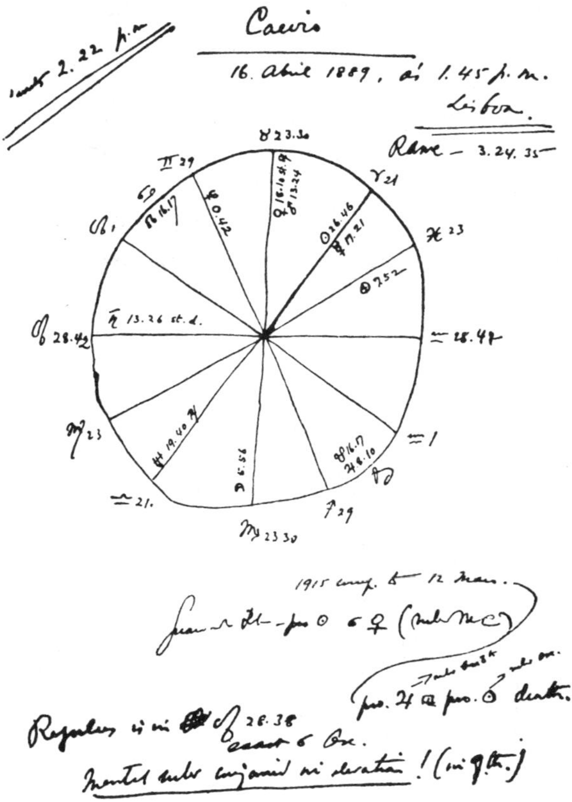


*Von Fernando Pessoa ausgestelltes Horoskop*
*für sein Heteronym Alberto Caeiro*

In einem hinterlassenen Fragment äußert sich Pessoa zum Ende der portugiesischen Monarchie: »Es gibt drei Gründe für den Zusammenbruch der portugiesischen Monarchie: 1. weil sie sich nicht nur institutionell, sondern auch spirituell dem Katholizismus wesensgleich gemacht hat; 2. weil sie es nicht geschafft hat, eine portugiesische Gestalt anzunehmen, denn nachdem sie die Tradition der alten absolutistischen Monarchie zertrümmert hatte, ... bemühte sie sich nicht einmal, sie durch eine portugiesische Spielart zu ersetzen, sondern importierte über Frankreich die äußere Form einer englischen, konstitutionellen Monarchie; 3. weil sie nie nach Ideologien geschiedene Parteien gehabt hat, sondern nur immer Gruppen mit unterschiedslosen Ansichten, weil sie folglich wie immer, wenn nicht die Intelligenz herrscht, bloß aus dem Instinkt heraus im Sinne einer Bierbankpolitik von Bonzen regiert hat.«

In einem Brief aus dem Jahre 1915 schreibt Pessoa an seinen Freund Cortes-Rodrigues: »... Die patriotische Idee, die immer mehr oder weniger in meinen Bestrebungen vorhanden war, herrscht jetzt bei mir vor; und ich denke nicht daran, Kunst zu machen, ohne gleichzeitig daran zu denken, damit den Namen Portugals in allem, was ich verwirklichen werde, zu erhöhen. Das ist nur konsequent, wenn man die Kunst und das Leben ernst nimmt.«

Dieser Patriotismus äußert sich bei Pessoa auf vielfältige Weise; die kurioseste ist sicherlich ein Horoskop für sein Land, aus dem Berechnungen für die Ankunft des Fünften Reiches (»O Quinto Imperio«) hervorgehen. Dieses mythische Fünfte Reich ist mit der Rückkehr jenes sagenhaften portugiesischen Königs Dom Sebastião verbunden, der 1578 in Nordafrika gefallen war, ohne daß man jemals seinen Leichnam gefunden hätte. Pessoa hat sich von diesem messianischen Glauben an die Wiederkehr des Königs Sebastian inspirieren lassen und der Idee des Sebastianismus ein ganzes Buch gewidmet – *Mensagem* (»Botschaft«); es ist das einzige zu Lebzeiten veröffentlichte Buch Pessoas mit Dichtungen in portugiesischer Sprache. In ihm feiert er die Helden der portugiesischen Vergangenheit und beginnt dabei mit – Odysseus, dem mythischen Gründer Lissabons.

Im Jahre seines Todes – 1935 – gesteht Pessoa dem Mitherausgeber der Zeitschrift »Presença«, Adolfo Casais Monteiro, in einem Brief: »Ich stimme völlig mit Ihnen überein, daß mein Debüt mit einem Buch von der Art ›Mensagem‹ nicht sehr glücklich war. Ich bin, das stimmt, ein mystischer Nationalist, ein rationaler Sebastianist. Doch außerdem bin ich bis hin zum Widerspruch vieles andere mehr. Und von diesem vielen anderen ist in ›Mensagem‹, weil es von eben dieser Art ist, nichts enthalten.«

Immerhin hat dieses Debüt erst ein Jahr vor seinem Tode, 1934, stattgefunden. »Ich habe meine Veröffentlichungen aus dem einfachen Grunde mit diesem Buch begonnen«, heißt es in demselben Brief, »weil es, ich weiß nicht warum, das erste war, das ich beenden und in eine Form bringen konnte. Da es fertig war, bat man mich, es zu veröffentlichen, und ich habe akzeptiert.« Es wurde schließlich mit dem zweiten Preis im Rahmen eines Wettbewerbs ausgezeichnet, den das staatliche Sekretariat für Propaganda veranstaltet hatte – unter Salazar. Pessoa erhielt 1000 Escudos, die einzige Summe, die er wohl je mit seiner literarischen Arbeit verdient hat. Über Salazar sind folgende Worte von Pessoa überliefert: »Man hält ihn für einen großen Mann von scharfer Intelligenz und mit starkem Willen; das ist zwar nicht logisch, aber menschlich, und bei den Menschen zählt das, was menschlich ist.«

Wenn man dem hinzufügt, daß im Jahre 1928 ein Pamphlet von Pessoa mit dem Titel *O Interregno – Defesa et Justificação da Ditadura Militar em Portugal* erscheint (»Das Interregnum – Verteidigung und Rechtfertigung der Militärdiktatur in Portugal«), stellt sich die Frage, in welchen politischen Bahnen sich Pessoas patriotischer Nationalismus bewegt hat. Doch empfiehlt es sich, zunächst andere Daten aus dem Leben Pessoas bis hin zu jenem Stichtag preiszugeben, an dem die großen und verbleibenden Heteronyme eine zwingende Gestalt angenommen haben.

Nach einem 1907 abgebrochenen Literaturstudium versucht Pessoa, mit Hilfe einer Erbschaft eine Druckerei auf die Beine zu stellen; der Versuch mißlingt. Ab 1908 verdient er sein Brot – bis an sein Lebensende – als Außenhandelskorrespondent. In jene Zeit fällt die Lektüre eines Buches, das ihn zutiefst beeindruckt: Max Nordaus »Entartung«. »In meiner sogenannten dritten Jugend«, schreibt er rückblikkend in einem Brief aus dem Jahre 1932, »die ich hier in Lissabon verbracht habe, lebte ich umgeben von griechischen und deutschen Philosophen sowie von den französischen ›Décadents‹, deren Wirkung auf mich jäh hinweggefegt wurde... durch die Lektüre von Max Nordaus ›Entartung‹«. Bei den erwähnten deutschen Philosophen handelte es sich in erster Linie um Schopenhauer und Nietzsche.

War zuvor der Einfluß der französischen Symbolisten auf ihn beträchtlich, so änderte sich mit der Lektüre Nordaus sein Urteil ganz und gar. Pessoa hatte nach seiner Rückkehr aus Afrika Baudelaire und die französischen Symbolisten gelesen, die auch die portugiesische Literatur um die Jahrhundertwende beeinflußt hatten, an der sich Pessoa orientierte (Gomes Leal, António Nobre, Camilo Pessanha).

Wenn der leicht zu beeindruckende Pessoa die französischen Symbolisten nun verurteilte, so erreichte er damit in erster Linie den Effekt, seinen eigenen Stil, seine eigene Sprache freizulegen, und daran lag ihm sicherlich in jener Zeit, als er begann, Gedichte in portugiesisch zu schreiben. Kurioserweise erscheint eines der wesentlichen Merkmale seiner Sprache, nämlich die Vorliebe für das Paradoxe, für Oxymora, für unhaltbare Gegensätze und scheinbare Antithesen auch und gerade in ästhetischen Urteilen und Kommentaren. So findet sich z. B. in seinen ästhetischen Aufzeichnungen *(Páginas de Estética, Teoria e Crítica Literárias)* folgendes Urteil über die eben erwähnten französischen Symbolisten: »Ich frage den größten Schwärmer für französische Symbolisten, ob Mallarmé ihn ebenso berührt wie eine gewöhnliche Melodie, ob die Ausdruckslosigkeit eines Verlaines je die legitime Ausdruckslosigkeit eines einfachen Walzers erreicht hat. Sie hat es nicht, und wenn man mir antwortet, man zöge in dieser Hinsicht Verlaine und Mallarmé der Musik vor, so sagt man mir damit, daß man Literatur als Musik der Musik selber vorzieht. Man sagt also damit etwas, was keinen Sinn hat, abgesehen davon, daß eine solche Meinung beklagenswert ist.«

In der Zeit nach dem Umsturz (1910) kommt Pessoa in den Lissabonner Cafés – wie dem »Martinho da Arcada«, dem »Brasileiro do Chiado« – mit anderen jungen Literaten

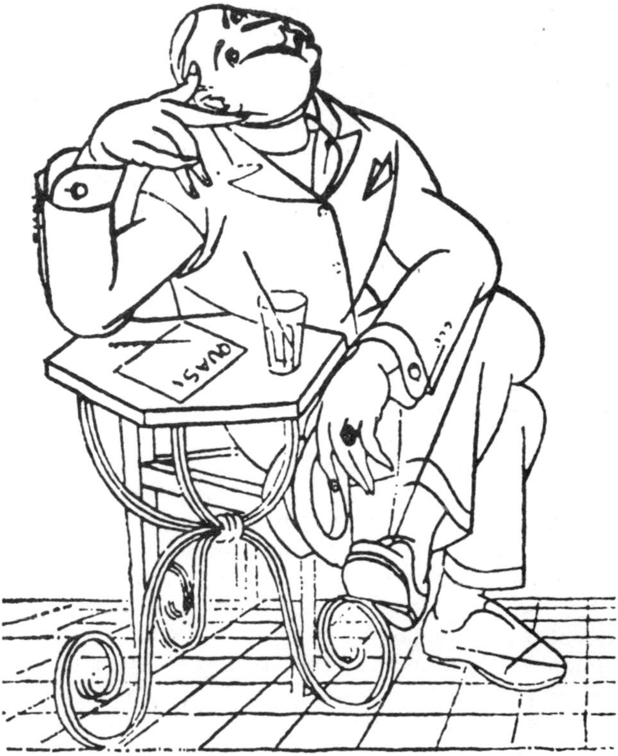


*Mario de Sá-Carneiro*
*Zeichnung von José de Almada-Negreiros*

in Berührung, mit denen er später die Zeitschrift »Orpheu« herausgeben wird. Doch vorher (um 1912) wird er für eine andere Zeitschrift – »A Águia« – Aufsätze schreiben, die das Organ einer in Porto entstandenen republikanischen Bewegung mit dem Namen »Renascença Portuguesa« um den Dichter Teixeira de Pascoaes ist, dem Begründer des »Saudosismo« (abgeleitet von »Saudade«). Wie in den anderen europäischen Ländern jener Zeit löst auch in Portugal ein -ismus den anderen ab, und Pessoa nimmt mit viel Eifer an den Debatten teil. In einem seiner in »A Águia« abgedruckten Essays über die neue portugiesische Poesie unter psychologischem Aspekt kündigt sich der für Pessoa – auch sprachlich – so charakteristische Dualismus an: Pessoa spricht, anläßlich der Poesie des »Saudosismo«, von »pantheistischem Transzendentalismus«, welcher der »Vergeistigung der Materie« und der »Materialisierung des Geistes« innewohne.

Im selben Aufsatz vollzieht Pessoa noch einmal die Schritte einer solchen Bewegung, die keineswegs eine bloße Synthese ist. Er vermerkt, daß die neue poetische Sprache den symbolistischen »Subjektivismus« überwunden hat, ohne daß der in der Tendenz vorhandene »Objektivismus« auch schon erreicht sei; die Verwirklichung eines maximalen Gleichgewichts zwischen Subjektivität und Objektivität, so Pessoa, würde das Werk eines »großen, bald zu erwartenden Dichters« sein, – jenes Super-Camões, von dem schon die Rede war und als der sich wenig später Pessoa entpuppt. Neue Heteronyme sagen sich an, besetzen schon einen Sprachraum. Als erster gibt sich Ricardo Reis zu erkennen. Dann, am 8. März 1914, schlägt die große Stunde. Die Befreiung von der dualen Fessel, die auf ihn drückt – Natur/Geist, Ich/Nicht-Ich, englisch/portugiesisch, Patriot/Kosmopolit, Mann/Frau, etc. – hin zu einer offenen Pluralität wird Wirklichkeit:

»... ich wollte eines Tages Sá-Carneiro [einer der engsten Dichterfreunde Pessoas] einen Streich spielen – einen bukolischen Dichter von der komplizierten Art erfinden und ihn auf irgendeine wirklichkeitsnahe Weise ihm vorstellen, ich weiß nicht mehr genau wie ... An dem Tag, als ich davon wieder Abstand nahm – es war der 8. März 1914 –, näherte ich mich einer hohen Kommode, nahm ein Blatt Papier und begann zu schreiben, im Stehen, wie immer, wenn es mir möglich ist. Und so schrieb ich mehr als dreißig Gedichte hintereinander, in einer Ekstase, deren Natur ich nicht zu erklären vermag. Das war ein Tag des Triumphes in meinem Leben, wie ich ihn nie mehr wieder erleben würde. Es begann mit einem Titel, ›O Guardador de Rebanhos‹ [›Der Hüter der Herden‹]. Und was dann folgte, war die Erscheinung von jemandem in mir, dem ich sofort den Namen Alberto Caeiro gab. Verzeihen Sie mir das Absurde des Satzes: in mir war mein Meister zum Vorschein gekommen. Das war die unmittelbare Empfindung, die ich hatte ...

Jetzt da Alberto Caeiro zum Vorschein gekommen war, versuchte ich gleich, instinktiv und unterbewußt, Schüler für ihn zu finden. Ich entriß den latent vorhandenen Ricardo Reis seinem falschen Heidentum und gab ihm einen Namen, der zu ihm paßte, denn in jenem Augenblick sah ich ihn schon vor mir. Dann plötzlich tauchte aus einer Ricardo Reis entgegengesetzten Abzweigung jäh ein neues Individuum auf. An der Schreibmaschine entstand in einem Wurf ohne Unterbrechung oder Verbesserung die *Ode Triumfal* von Alvaro de Campos – entstanden also die Ode mit diesem Titel und der Mann mit dem Namen, den er trägt.«

In dieser Geburtsstunde, möchte man sagen, ist Fernando Pessoa zu sich selber gekommen – und zu einer Familie. Fortan stellt sich ein frauenloses Familienleben ein, eine literarische Mönchsgemeinschaft, weitere Mitglieder werden aufgenommen, – Bernardo Soares, der Hilfsbuchhalter, z. B., der den Rang eines »Halbbruders« von Pessoa einnimmt (»Mein Halbheteronym Bernardo Soares, der übrigens in vielen Punkten Alvaro de Campos ähnelt, er erscheint immer, wenn ich müde bin oder vor mich hindämmere ...«). Der eine nimmt Anteil am Leben des anderen, an seinen Dichtungen und ästhetischen Auffassungen, und nichts Bewegenderes als die Trauer Alvaro de Campos über den Tod seines Meisters in den *Notizen zum Gedächtnis meines Meisters Caeiro*:

»Jedenfalls gehörte es zu den Ängsten meines Lebens – zu den realen Ängsten unter so vielen fiktiven –, Caeiro könnte sterben und ich wäre nicht bei ihm. Das ist dumm, aber menschlich, das ist nun mal so. – – – Ich war in England, Ricardo Reis seinerseits war auch nicht in Lissabon, er war nach Brasilien zurückgekehrt. Fernando Pessoa war wohl da, doch das ist genau so, als ob er nicht dagewesen wäre. Fernando Pessoa empfindet zwar die Dinge, aber nichts rührt sich, nicht einmal innerlich.«

Sein-Nichtsein, Wirklichkeit-Fiktion: Pessoa hob in seiner Dichtung dieses »entweder-oder« (aut-aut) auf in ein dem ganzen All sich öffnenden »mehr« (et-et) und begab sich dennoch immer wieder zurück in das irdische alltägliche Entweder-oder, Ja-aber, in die Beschränktheit seiner Existenz als Außenhandelskorrespondent in Lissabon, einer Stadt, die sich dem Meer öffnet, die Pessoa aber nach jenem sagenhaften 8. März 1914 nicht mehr verließ. Er richtete sich mit den Heteronymen im Kopf und auf dem Papier in friedlicher Koexistenz ein, ließ sie allenfalls untereinander über Fragen der Poesie streiten; mag sein, daß er sonst wirklich verrückt geworden wäre (wie seine Großmutter), und davor hatte er Angst, eine reale und nicht fiktive Angst, die er an sich schon als Wahnsinn empfand.

Entsprechend seiner Vorliebe für stellare Konstellationen fertigte er für jedes seiner Heteronyme Horoskope an, für die er jeweils ein Geburtsdatum und einen Geburtsort (er)-finden mußte. Auf diese Weise kam jedes Heteronym zu seiner Biographie, zu seiner »Existenz«.

So erblickte Alberto Caeiro am 16. April 1889 um 13.45 Uhr das Licht der Welt, er starb 1915 in Lissabon, hielt sich aber zu Lebzeiten nur auf dem Land auf. Caeiro wurde von den zwei anderen großen Heteronymen als Meister anerkannt. Als Dichter der Natur verkörpert er den »Objektivismus«, in dem die Empfindungen so beschrieben werden, wie sie sind, ohne daß die Sprache »einen Gang zwischen den Worten und den Gedanken« benötigte.

Ricardo Reis ist ein Jahr älter als Pessoa. Er wird von Jesuiten erzogen und erhält eine klassische Ausbildung, entsprechend vertritt er eine klassizistische, u. a. an Horaz ge-

*Raúl Leal*
*Zeichnung von José de Almada-Negreiros*

schulte Sprache. Von Beruf ist er Arzt. Mit de Campos diskutiert er über Rhythmus und Versmaß, und beide ziehen jeweils unterschiedliche Lehren aus der vorbildlichen Dichtung ihres Meisters. Weil er Monarchist ist, begibt sich Reis 1919 ins Exil.

Alvaro de Campos, der jüngste von allen, geboren am 15. 10. 1890 in Tavira (Algarve), erinnert äußerlich »vage an den Typen eines portugiesischen Juden«; er läßt sich in Glasgow zum Ingenieur ausbilden, unternimmt eine Reise in den Orient und kehrt dann nach Lissabon zurück. Pessoa kennzeichnete Campos als »einen Whitman, der einen griechischen Dichter in sich hat«, und über die von de Campos verfaßte *Ode Maritima* sagte Pessoa, es habe »kein deutsches Regiment jemals die innere Disziplin besessen, die dieser Komposition zugrundeliegt.«

Alles in allem verkörpern die drei jeweils eine zeitgenössische Ausrichtung der portugiesischen Literatur: Caeiro den »Sensationismus«, Reis den Klassizismus, de Campos den Futurismus und später – wie Soares auf seine Weise – einen Existentialismus *avant la lettre*. Pessoa und vor allem A. de Campos tauchen in zahlreichen Zeitschriften in den zehner und zwanziger Jahren auf. Von der Zeitschrift »Orpheu«, die viel Aufsehen erregte und Polemiken auslöste, erscheinen nur zwei Nummern (1915), die zweite wird von Pessoa zusammen mit Mario de Sá-Carneiro herausgegeben. Hervorgehoben seien hier noch die einzige Nummer von »Portugal Futurista« (1917) mit Gedichten von Pessoa und dem heftigen *Ultimatum* von de Campos (»... zieht vorbei Nationen, damit ich euch verachten kann! ... Dich, deutsche Kultur, du verfaultes Sparta mit deinem Öl aus Christentum und Essig aus Vernietzschung, du Bienenkorb aus Blech, imperialoider Erguß aus verklammerter knechtischer Gesinnung ...«) und schließlich die erste Nummer der Zeitschrift »Contemporânea« (Mai 1922), in welcher *O Banqueiro anarquista* (geschrieben im Januar 1922) erscheint.

Pessoa hält sich zunehmend aus den geschäftigen und lauten Kunstdebatten heraus, schickt Alvaro de Campos vor, so für »das futuristische Portugal«, so auch um befreundete Schriftsteller (Raul Leal, António Botto) gegen reaktionäre Attacken und staatliche Zensur zu verteidigen (1923). Hingegen beschäftigt sich Pessoa, der nie einen Hehl aus seinen okkulten Neigungen gemacht hat, mit Esoterik, dem Studium der Alchimie, der Rosenkreuzer und des Freimaurertums. Ein Obskurant ist er dennoch nie gewesen, ein Mythomane vielleicht, Mystiker vielleicht auch und Stoiker. Doch was heißt das alles bei einem, der dank seiner vielen Facetten für kein Dogma tauglich ist und sich in keinem Spiegel erkennt, der in einen dunklen Humor versinkt, aus dem ihn seine Heteronyme emporziehen?

Seine kleinen Vorlieben, Geheimnisse – waren es *seine*? – es waren Nichtigkeiten, hätte Pessoa, hätte Alvara de Campos geantwortet. In einem Gedicht, das *Autopsicografia* überschrieben ist, sagt Pessoa: »Der Dichter ist ein Vortäuscher. / Er täuscht so vollendet vor, / daß er schließlich vortäuscht, Schmerz / sei der Schmerz, den er wirklich spürt.«

*Ein anarchistischer Bankier* zeugt davon, daß Pessoa auch Figuren vortäuschen konnte. Aber hinter dem unaufhörlich deduzierenden und dozierenden Bankier verbirgt sich auch Pessoa selbst, ein Teil von ihm. Das *Spiel* mit den Gesetzen der Logik lag ihm ohne weiteres, und nur insofern er mit *diesen* Gesetzen spielte, hatte er etwas von einem Anarchisten an sich.

Der radikale Egoismus des Bankiers entspricht Pessoas radikalem (pluralisierten) Individualismus, aus dem die Forderung nach der Unantastbarkeit individueller Freiheit spricht – in weltanschaulichen, religiösen, sexuellen, ja auch in nichtssagenden Angelegenheiten. Nichts war ihm wohl verhaßter als die Selbstgefälligkeit und Selbstgerechtigkeit von Mehrheiten, die sich mit Individuen anlegten und die ihren Konsens so wortgewaltig wie zahlenmäßig ausspielten: viele gegen einen. In solchen Fällen schritt er ein – wie im Fall Leal/Botta –, riskierte er wortgewaltig den Eklat.

Dummheit bestand für ihn darin, die Spannung von Gegensätzen, von Anderssein nicht aushalten zu können. Wie hätte es auch anders sein können bei jemand, der Gegensätze, Gegensetzungen erzeugte und mit ihnen, den Heteronymen, lebte? Der Rest, die zeitpolitischen Äußerungen, war mutterländisches Engagement, durchaus im Bewußtsein möglichen Verblendetseins und mit der Bereitschaft, Licht auch woanders zu orten.

Am 29. November 1935 starb Fernando Pessoa an einer Leberkolik. Vor seinem Tod kritzelte er auf ein Blatt Papier die Worte:

»I know not what tomorrow will bring.« Zu seinen Plänen gehörte unter anderem eine erweiterte, englische Version des »anarchistischen Bankiers«, an der er arbeitete; wie er in dem erwähnten Brief an Adolfo Casias Monteiro schrieb, rechnete er sich damit gute Chancen beim europäischen Lesepublikum aus, fügte aber dann (schmunzelnd?) hinzu: »Verstehen Sie diesen Satz nicht so, als stünde ein Nobelpreis ins Haus!«

Die Nachwelt hat sich mit der Veröffentlichung seiner unzähligen Manuskripte Zeit gelassen. Zu denen, die an der Herausgabe der »Obras Completas« (Edition Atika, Lissabon) mitgewirkt haben, gehört auch Georg Rudolf Lind, dem die deutschsprachige Leserschaft die Bekanntschaft mit Pessoa zu verdanken hat. Pessoa hat seine Buchstabenspuren in einer großen Kiste hinterlassen, und noch sind nicht alle Spuren entziffert. »Ich war immer nur eine Spur und ein Trugbild meiner selbst. Meine Vergangenheit ist alles, was ich nicht zu sein vermochte.« (Soares über Pessoa im *Buch der Unruhe*)

# Fernando Pessoa
# Das Buch der Unruhe

Band 9131

Als Pessoas »Buch der Unruhe« 1985, 50 Jahre nach dem Tod des Autors, in deutscher Übersetzung erschien, wurde es von der Kritik sogleich als ein literarisches Ereignis ersten Ranges gefeiert.
»Das Buch der Unruhe«, »das traurigste Buch Portugals« wie es einmal genannt wurde, setzt sich aus den fiktiven Aufzeichnungen des Hilfsbuchhalters Bernardo Soares zusammen, der im konkreten Sinne eine gewisse Ähnlichkeit, wenngleich keine Identität mit dem Autor Pessoa hat, im metaphorisch-übertragenen aber für den Menschen schlechthin steht: »Wir alle, die wir träumen und denken, sind Buchhalter und Hilfsbuchhalter in einem Stoffgeschäft oder in einem Geschäft mit einem anderen Stoff in irgendeiner anderen Altstadt. Wir führen Buch und erleiden Verluste; wir summieren und gehen dahin; wir schließen Bilanz und der unsichtbare Saldo spricht immer gegen uns.« So ist auch die Rua dos Douradores in der Lissaboner Altstadt, wo sich das unscheinbare Leben des Hilfsbuchhalters abspielt, als ein verkleinertes Abbild der ganzen Welt zu sehen.

## Fischer Taschenbuch Verlag

fi 657 / 2

# Fernando Pessoa

**Alberto Caeiro**
**Dichtungen**
**Ricardo Reis**
**Oden**
Portugiesisch und Deutsch
Band 9132

Fernando Pessoas Gedichte gehören zu den Kostbarkeiten der europäischen Dichtung dieser Epoche. Diese Ausgabe, die das lyrische Werk der beiden von Pessoa imaginierten Dichterperönlichkeiten Alberto Caeiro und Ricardo Reis sammelt, ist zweisprachig.

**»Algebra der Geheimnisse«**
Ein Lesebuch. Band 9133

Seit erscheinen seines »Buches der Unruhe« ist Fernando Pessoa auch in Deutschland einem größeren Publikum bekannt geworden. Als Ergänzung zu seinem Werk sowie als Hinführung zu diesem vielstimmigen, inzwischen als eine der Schlüsselfiguren der Moderne anerkannten Autor ist dies hochinteressante und informative Lesebuch, das sowohl Texte von als auch über Pessoa bietet, gleichermaßen geeignet.

**Fischer Taschenbuch Verlag**

fi 675 / 1